KB158206

오직 사랑만이 희망이다

오직 사랑만이 희망이다

권효진 산문집

學而思 학이사

영원한 평화를 위하여

우리가 고요하게 숨 쉬고 있는 그 순간의 평화가
오래도록 지속되기를

우리가 눈을 감고 있을 때 느끼는 그 안온함이
오래 지속될 수 있기를

우리가 서로 사랑한다고 말하는 그 순간의 기쁨이
오래 지속될 수 있기를

그 모든 순간의 고요와 안온과 사랑의 기쁨이
서로 어울려 영원한 평화를 이룰 수 있기를

권효진

차례

2부 나를 찾는 길

3부 올바른 마음

4부　무한한 사랑

5부 우주의 신리

마음은 가장 오래된 경전經典이다

사람들은 오래된 경전經典의 가치를 알고 있습니다. 그러나 그 경전의 가치를 물질로 환산하기만 좋아하고 그 경전에 담긴 마음을 이해하는 데는 별로 관심이 없습니다. 경전의 뜻을 이해하고 그 속에 담긴 마음을 이해하여 자기 삶의 지표로 삼아 살아야겠다는 생각을 할 때 '오래된 경전'은 그 가치를 제대로 인정받게 되는 것입니다.

경전을 쓴 사람은 어떤 마음이었을까요?

그 속에 담긴 가르침은 누구를 위한 것일까요?

경전은 왜 그토록 오랜 세월 동안 수많은 사람에게 회자되고 있는 것일까요?

인간이 살아가는 모습은 시대에 따라 변화해 왔고, 나라나 지역에 따라 사는 모습도 다릅니다. 하지만 인간의 마음은 모두가 같습니다. 기쁨, 노여움, 슬픔, 즐거움(喜怒哀樂)을 느끼는 마음은 모두가 같습니다.

의사가 육체의 병을 고치기 위해서는 의술에 관한 의학책이 필요하듯이 인생을 살아가는 데 있어 가장 소중한 마음에도 책이 필요합니다. 눈에 보이지 않는 마음이지만 그 마음이 기쁨과 노여움, 슬픔, 즐거움을 느껴서 인생이 좋다, 나쁘다, 괴롭다 하는 것이 아닙니까? 때로는 마음의 병을 얻어 극심한 고통을 겪기도 하는 것이니까요. 그렇다면 당연히 마음의 길을 제대로 갈 수 있도록 그 길을 안내하는 책을 봐야 하지 않겠습니까?

인생을 아름답고 건강하게 살아가기 위해서는 육체적 건강도 중요하지만 마음의 건강이 더욱 중요합니다. 마음은 자기의 주인이고, 육체는 어디까지나 마음이 거주하는 집입니다. 육체는 인생이라는 기나긴 항해를 할 때 영혼이 타고 가는 배(船)인 것입니다. 자기의 마음, 영혼이야말로 진정한 자기의 주인입니다.

인류가 걸어온 길 속에는 수많은 지혜가 축적되어 있습니다. 그것은 철학이나 과학, 인문학 등 다양한 지식으로 발전되어 왔고, 앞으로도 더욱 발전되어 갈 것입니다. 그리고 앞으로도 인류는 끊임없이 변화하고 발전할 것입니다. 하지만 그 모든 변화와 발전 속에 인간에 대한 사랑과 지구환경에 대한 감사와 보은의 마음이 없다면 인류는 제대로 진화·발전할 수 없습니다. 감사의 마음, 풍요로운 마음, 사랑의 마음이 내재되어 있을 때만이 진정한 진보라고 할 수 있고 진화한 문명이라고 할 수 있습니다.

지나간 인류의 역사를 돌아보면 민족 우월주의나 신앙 우월주의 등이 전쟁을 일으키고 돈, 권력, 명예를 얻기 위해 타인을 괴롭혀 온 일들이 아주 많습니다. 그로 인해 수많은 사람이 처참한 지경에 빠지고 고통을 겪어야만 했습니다. 자기의 이익을 위해서라면 남의 생명을 빼앗는 일도 서슴지 않는 무자비한 마음을 가진 사람들도 많았습니다. 그러한 모든 일은 사랑의 마음, 서로 협력하여 모두가 조화롭게 살아야겠다는 마음이 없었기 때문에 벌어진 일입니다. 그로 인해 인류는 점점 더 개인 중심주의, 국가 중심주의로 살아올 수밖에 없었던 것입니다.

이제는 더 이상 나만 잘 살면 된다, 우리나라만 잘 살면 그만이라는 생각을 가지고는 살 수가 없는 시대입니다. 전 세계가 하나로 연결되어 있다는 사실을 모두가 자각하고 있는 만큼 나와 남, 내 나라와 다른 나라의 구분 없이 우리 모두가 '하나의 지구공동체' 라는 의식으로 거듭나야 합니다.

오래된 경전 속에는 바로 그러한 마음에 관한 진리가 담겨 있습니다. 경전은 시대가 흐르고 세상이 아무리 변해도 달라지지 않는 인간의 마음, 인간의 의식 세계에 대해 말하고 있습니다. 그러나 그 경전에 담긴 의미를 올바르게 해석하기가 어렵다 보니 수많은 해석이 나왔고, 그러다 보니 잘못된 해석이 나오기도 했습니다. 그렇다면 지금 이 시대를 살아가는 사람들은 '오래된 경전' 을 어떻게 해석하고 받아들여야 하는 것일까요?

여기에서 말하는 '가장 오래된 경전' 이란 바로 '자기 자신의 마음' 입니다. 자기 자신의 마음을 잘 들여다보면 자기가 지금 제대로 가고 있는지, 자기 마음속에는 희로애락의 감정이 어떻게 자리하고 있는지 알게 됩니다. 그 마음을 잘 살피고, 어긋난 것을 바로잡게 되면 올바른 마음의 길을 찾게 됩니다. 그때 마음속 깊은 곳에 잠재하고 있던 '내면의 지혜' 를 깨닫게 되는 것입니다.

그렇다면 가장 고귀하고 지혜로운 경전이란 바로 '자기 자신의 마음' 이 아니겠습니까? 자신의 마음이야말로

자기의 가장 오래된 경전이며, 최고의 경전이라고 할 수
있습니다.

마음 안에서 길을 찾으십시오.

마음 안에서 지혜를 찾으십시오.

마음이야말로 당신의 가장 소중한 경전입니다.

1부

생명의 빛

감사 · 1

감사하는 마음을 가지고 살아가는 것은 인생에 있어서 아주 중요한 문제입니다. 어떤 사람들은 '나는 도대체 감사할 만한 게 없다'고 말하기도 합니다. 그런 말을 하는 사람들은 먼저 '숨을 쉴 수 있다'는 사실부터 감사해야 합니다. 아무런 대가도 치르지 않고 공기를 사용해서 숨을 쉬고 있지 않습니까? 그리고 몸은 스스로 알아서 숨을 쉬고 있지 않습니까?

숨 쉴 수 있는 공기가 있고 마실 물이 있다는 것에서부터 감사의 마음을 가져보면 세상에 감사할 일이 얼마나 많은지 모릅니다. 아무런 대가도 치르지 않고 어머니의 몸을 빌려 태어나고 부모로부터 양육되기까지 '나'라는 존재는 얼마나 많은 고통과 아픔을 끼쳐가며 태어나고 살아왔는지, 돌아보면 감사해야 할 일이 산더미 같습니다.

자기 자신이 잘나서 잘 살고 있을 뿐이라고 생각해서도 안 되고, 주위 사람들 탓에 내가 불행하게 산다고 생각해서도 안 됩니다. 그 어떤 불행과 시련도 자신을 단련시키고 성장시키기 위한 배움의 과정이라고 생각한다면 그 역시 감사해야 할 것입니다.

고통과 시련, 실패와 좌절이 없다면 어떻게 행복과 기쁨, 성공의 가치를 알 수 있을까요?

인생을 살아가는 동안 만나게 되는 수많은 사람도 자신의 마음을 성장시키기 위해 만나는 스승입니다. 그렇다면 좋은 사람, 나쁜 사람을 구분하고 심판하기보다는 왜 그런 일이 자신에게 생겼는지, 왜 그런 사람을 만나게 되었는지 돌아보는 계기를 가져다주었으니 감사해야 하는 것입니다.

인간은 결코 혼자서는 살아갈 수 없습니다. 부모와 형제, 친구, 선후배, 직장동료 등 수많은 사람이 서로 협력해 가며 살아가야만 합니다. 그렇기 때문에 주위의 모든 사람에게 감사하며 살아가야 합니다. 내가 잘하는 일이 있고 내가 못하는 일은 다른 사람이 잘하기 때문에 인간은 서로 협력하며 살아가야 합니다. 그렇다면 나 이외의 모든 사람에게 감사해야 할 이유가 충분하지 않습니까? 상대방이 있으므로 내가 배우고 성장하게 되고 여러 사람의 협력 덕분에 이 사회, 이 세계가 유지되고 있으니 감사해야 하지 않겠습니까?

자신의 불행이나 실패는 어디까지나 자신의 선택에 따른 결과입니다. 그러니 그 원인도 자기 자신에게 있고 책임도 자기 자신에게 있습니다. 자기 자신의 문제나 실패 때문에 감사하는 마음조차 갖지 못하고 살아간다면 그것이야말로 가장 불행한 인생이라고 할 수 있습니다.

대자연은 무상으로 인간들에게 태양열과 빛을 주고 공기와 물, 흙을 제공합니다. 인간이라면 누구나 다 평등하게 자연의 혜택을 누리고 살아갑니다. 이 또한 감사해야 할 일이 아닙니까? 주위를 둘러보면 감사해야 할 일이 너무나도 많습니다. 감사의 마음을 일상에 되살려 하루하루 생활에 충실하다 보면 더 많은 감사할 일이 생겨납니다. 이것은 유유상종類類相從의 법칙이기도 합니다. 같은 성질은 같은 성질끼리 모이기 마련이니까요.

감사는 또 다른 감사를 불러오기 마련이니 작은 것에서부터 감사하며 생활하도록 해 봅시다.

감사 · 2

하루에도 수십 번 감사하십시오. 수십 번, 수백 번 감사하십시오. 그래도 모자란 것이 감사입니다. 자기 자신이 누리고 있는 모든 것에 감사하십시오.

햇빛, 바람, 물과 공기, 부모, 형제, 친구, 선후배, 직장동료 등 알고 있는 모든 사람에게 감사하십시오. 설혹 그들 중 누군가가 당신의 마음에 상처를 주고 괴로움과 고통을 안겨 주었다 하더라도 감사하십시오. 그들이 있기 때문에 당신이 배우고 성장할 수 있기 때문입니다. 기쁜 일도, 슬프고 괴로운 일도 모두 상대방이 있기 때문에 깨닫게 되는 것입니다. 만약 상대방이 없다면 무엇을 통해 배우고 성장할 수 있겠습니까?

만약, 누군가로 인해 고통을 겪었거나 지금 고통을 당

하고 있다면 자신은 무엇 때문에 그런 상황에 놓여 있는지 깊이 생각해 봐야 합니다. 모든 일어난 일은 그 원인이 있기 마련이고, 그 원인은 결국 자기 자신에게 있다는 사실을 알아야 합니다. 이것은 대자연의 절대적인 법칙이며 진리입니다. 만약 당신이 그 원인을 찾아내고 그 원인을 해결하게 된다면 당신은 커다란 성장을 하게 되는 것입니다. 그 '성장'을 '깨달음'이라고 해도 좋겠습니다.

깨달음의 과정이 반복되어 가는 것이 인생입니다. 그 깨달음 속에서 자신의 참모습, 진정한 자기를 발견하게 되는 것입니다. 그러니 그 모든 고통과 시련조차도 감사해야 하는 것입니다.

'감사'는 아무리 해도 지나치지 않습니다. 날마다, 매 순간 감사하십시오. 그러면 감사할 일이 자꾸 늘어날 것입니다.

고요

세상에는 수많은 일이 일어나고 있습니다.

지금 이 순간에도 누군가는 태어나고 또 누군가는 고통받으며 죽어가기도 합니다. 이 세상을 살아가는 사람들은 저마다의 삶 속에서 배우고 성장하게 되어 있습니다. 그 성장의 시간은 때로는 고통과 시련, 상처를 통해서 이뤄지기도 하고 때로는 기쁨과 환희를 통해서 이뤄지기도 합니다.

하지만 가장 중요한 내적 성장은 오직 고요함 속에서만 이루어집니다. 그 모든 경험을 통해서 도달하게 되는 마지막 순간이 바로 '고요의 순간'입니다. 삶에서 내적 고요를 만나지 못한다면 결코 성장의 참열매를 맺을 수가 없습니다.

날마다 하루의 일과를 마치고 잠자리에 들기 전에
하루를 돌아보는 혼자만의 시간을 가지는 사람은
내적 고요를 체험한다고 할 수 있습니다.

그것은 영혼의 자기를 만나는 가장 뜻깊은 고요의 시
간입니다. 자기의 생각과 말과 행위에 잘못은 없었는지
스스로 성찰하는 그 시간은 내적 성장의 시간이며, 가장
아름다운 고요의 시간입니다.

고요하고 평화로운 상태에
머물러야 하는 이유

'진리' 라는 법은 고요하고 평화롭습니다.

우주의 삼라만상이 고요한 가운데 그 태동이 있고, 그 고요함 속에서 만물이 생장하고 있습니다. 소리 없는 침묵이 본래 우주의 참모습이기에, 진리의 표상이라면 마땅히 고요하고 평화로운 모습을 나타내야 할 것입니다.

고요하고 평화롭다고 하는 것은 따뜻하고 편안한 상태에 머물러 있음을 말합니다. 따뜻한 상태에서 모든 생명이 자라날 수 있기 때문입니다. 그 온기는 빛으로부터 나오기 때문에 빛이 있는 곳에 생명이 있는 것입니다.

우주에 존재하는 모든 빛은 생명의 빛입니다.

인간의 눈에는 그 빛의 일부밖에 보이지 않지만, 빛은

무한하며, 그 에너지 또한 무한합니다. 그러나 그 빛은 결코 요란한 소리를 내지 않습니다.

모든 생명을 살리고도 그 빛은 결코 자신을 자랑하지도 않고, 침묵하며 고요합니다. 모든 생명의 일이 고요한 침묵 속에서 이루어지니, 인간이 이루는 모든 사랑의 일도 마땅히 그래야만 할 것입니다.

남을 돕고 살리는 사랑의 일은 떠들썩하게 하지 말고, 소리도 없이, 남이 알까 두려워하는 마음으로 행해야 진정으로 남을 살리고, 나아가 자기 자신을 살리는 길이라는 것을 알아야 합니다.

내재된 기쁨과 사랑으로 살아가기

우리들의 마음속에는 근원적인 기쁨과 사랑이 존재합니다. 갓난아기가 해맑게 웃는 것도 그 때문입니다. 천진무구한 마음, 청정한 마음이 누구에게나 있다는 것을 잊지 말아야 합니다. 다만 저마다 살아가는 환경, 교육의 여건 따라 그 마음이 커지기도 하고 왜곡되기도 하는 것입니다.

아름다운 꽃을 보고 기뻐하는 마음, 산과 강, 하늘 등 자연을 보고 행복해하는 마음이 바로 내면의 순수한 마음입니다. 그런데 우리는 일상의 여러 복잡한 일들을 경험하면서 마음의 먼지나 때를 만들면서 살아가고 있습니다. 그래서 기쁨과 사랑의 마음보다는 우울과 슬픔에 빠지고 괴로워하게 되는 것입니다.

자신의 삶을 들여다보면 자기가 한 생각과 말, 행위가

바로 자신의 맑고 깨끗한 마음을 오염시키고 있다는 것을 알게 됩니다. 사람들은 대개 다른 사람들의 말과 행동으로 인해 자신이 피해를 입고 화나는 일을 경험한다고 생각하지만 실제는 그렇지 않습니다. 모두가 자기 자신이 원인이 되어 일어난 상황을 겪고 있을 뿐인데 그 원인을 남의 탓으로 돌리고 있는 것입니다.

인생에서 경험하는 그 모든 일들은 자기 자신에게 원인이 있습니다. 자신의 생각과 말과 행위가 자신의 인생, 즉 자신의 하루하루를 결정해 가는 것입니다. 오늘 내가 어떤 생각을 하고 어떤 말과 행동을 했는가를 곰곰이 생각해 보면 자신의 마음 상태를 알 수 있습니다.

올바른 말을 했는지, 남을 비난하거나 심판하지는 않았는지, 자기의 책임을 회피하거나 해야 할 일을 미루지 않았는지를 살펴보면 자기의 앞날까지도 스스로 알 수 있게 됩니다.

지나온 삶이 오늘의 나, 오늘의 내 모습과 환경을 만들어 온 것처럼 '오늘의 나'가 '내일의 나'를 만드는 것입니다. 오늘은 지나간 과거의 내가 만든 결과이고, 오늘의 내가 어떻게 살아가는가에 따라 나의 미래가 만들어지는 것입니다. 그렇기 때문에 하루를 어떻게 사는가

하는 문제는 정말 중요한 문제가 아닐 수 없습니다.

그리고 하루를 마감할 무렵에 하루를 돌아보고 잘못한 것은 없는지 성찰하여 반성하는 것이 아주 중요합니다. 자기의 하루를 객관적으로 돌아보고 잘못한 점, 아쉬운 점을 성찰한 뒤 다시는 똑같은 실수나 잘못을 저지르지 않겠다고 다짐하면서 잠자리에 드는 습관을 가져 보십시오. 그리고 그 습관을 인생을 살아가는 동안의 원칙으로 삼으십시오. 그렇게 하는 과정에서 자신의 잘못된 생각이나 행위를 고쳐나간다면 스스로 성장하는 자기를 발견하게 됩니다. 그것이 바로 자기 성장의 지름길입니다.

사람은 누구나 다 자기만의 개성을 가지고 있습니다. 그래서 다른 사람의 말을 듣기 싫어하고 자기 나름대로의 방식으로 살아가기를 원합니다. 하지만 자신을 성장시키는 방법은 인생의 대원칙이기 때문에 누구나 다 똑같이 적용되는 것입니다. 자기 스스로를 발전시켜 나가겠다는 의지를 가지고 있는 사람이라면 누구나 다 자신을 성찰하고, 자기의 결점을 고쳐나가는 생활을 하지 않으면 안 됩니다. 오직, 스스로 구하는 사람만이 그 해답을 얻을 수 있을 뿐입니다.

하루하루를 소중하게 살아간다면 그 사람은 날마다 기쁨 속에서 살아갈 수 있습니다. 그리고 일상에서 괴롭고 힘든 일, 때로는 고통스러워서 견디기 힘든 일을 겪게 되더라도 그 일을 견뎌낼 수 있는 마음의 힘을 길러갈 수 있습니다.

왜냐하면 내재된 기쁨과 사랑, 평화의 마음은 그 어떤 것으로도 훼손할 수 없고, 그 어떤 것도 침범할 수 없는 완전한 마음이기 때문입니다.

날마다 자기의 마음속에 낀 먼지를 제거하고,

오염된 마음의 때를 닦아나간다면

누구나 기쁨과 사랑이 가득한 삶을 살아갈 수 있습니다.

자기를 지키는 힘은
긍정적인 마음에서 나온다

마음의 불안이나 걱정은 어디에서부터 비롯되는 것일까요?

우리는 대부분 내일 일어날 일을 알 수 없기 때문에 걱정이나 불안이 생겨난 거라고 생각합니다. 그런데 만약 내일 무슨 일이 일어날지, 미래에 어떤 일이 생겨날지 모두 알게 된다면 불안이나 걱정이 모두 사라질까요?

불안해하고 걱정하는 마음은 내일 또는 먼 미래에 일어날 일을 모두 알게 된다고 하더라도 사라지지 않을 것입니다. 왜냐하면 '불안·걱정을 붙잡고 있는 마음'이 있기 때문입니다.

불안·걱정·초조한 마음은 모두 자기 자신을 지키려는 '자기보존의식'입니다. 자기보존의식은 자기를 지키려는 마음이지만 이 마음이 너무 강해지거나 약해질 때문제가 됩니다. 자기보존의식이 지나치게 강해질 때는 불안증이 심해져 강박증이 생기기도 하고 자기보존의식이 너무 약해졌을 때는 자기를 방치하는 경우가 생기기도 합니다.

자기 자신의 마음을 잘 돌보고, 자기의 일상생활을 잘 관리해야 하는 이유가 바로 여기에 있습니다. 일상생활의 작은 부분이 모여서 자기의 인생을 만들기 때문입니다. 하루의 일과를 제대로 하지 않으면 해야 할 일이 자꾸 밀려서 나중에는 도저히 감당할 수 없는 지경에 이르고 맙니다. 그렇게 되면 자기가 감당할 수 없는 그 일에 대해 불안과 걱정이 생기게 되겠지요. 반대로 날마다 해야 할 일을 잘 처리하고 살아간다면 그 어떤 일이 닥쳐도 괜찮다는 낙관적인 마음 상태가 됩니다.

불안이나 걱정의 씨앗은 평소의 자기 자신이 뿌리고 있을 뿐입니다. 내일 일어날 일, 미래에 대한 일을 미리 걱정하기보다는 오늘 하루를 어떻게 하면 좀 더 보람되고 행복하게 살 수 있을까에 집중하면 좋겠습니다. 오늘 하루에 최선을 다하겠다는 마음으로 하루에 집중하다 보면 내일 걱정, 미래 걱정을 할 겨를도 없겠지요.

대부분의 걱정이나 불안은 자기 자신에 대한 확신 부

족에서 생겨납니다. 자기가 할 수 있는 일에 최선을 다하고 하루하루 감사하는 일상을 살아간다면 자기에 대한 만족과 신뢰가 쌓여 갈 것입니다. 오늘 자기가 해야 할 일을 잘 하고, 자기가 할 수 있는 일에 최선을 다할 때 자기에 대한 만족과 신뢰가 쌓여가는 것입니다. 자기에 대한 믿음이 쌓여서 자기 삶에 대한 용기와 희망을 가지게 됩니다.

다른 사람들이 어떻게 살아가는가를 보고 긍정적인 면은 배워야 하겠지만 남과 자신을 비교해서 자신을 열등감으로 몰고 가는 것은 위험합니다. 자기는 언제나 희망의 한가운데에 있으며 내일을 창조해 나갈 수 있는 존재라는 것을 믿어야 합니다.

긍정적인 생각은 자기를 긍정적인 삶으로 이끌어 가지만 부정적인 생각은 부정적인 삶으로 끌고 가기 마련입니다.

당신은 어느 쪽의 인생을 선택하고 싶으신가요?

희망은 가장 아름다운 꿈

운명은 언제나 자기의 선택에 따라 만들어 나가는 것입니다. 더 좋은 운명을 만들고 싶다면 자기 스스로 더 나은 운명을 창조해 나가면 되는 것입니다. 날마다 좋은 생각을 하는 것은 바로 좋은 운명을 만들어 가는 시초이며, 시작의 열쇠입니다.

무엇을 하든, 어떤 상황에 처하든 긍정적으로 생각하고, 어려움에 굴복하는 것이 아니라 난관을 헤쳐 나가려는 용기와 의지를 가져야 합니다. 그렇게 자기 스스로 최선을 다할 때 하늘의 도움이 가닿게 되는 것입니다.

아무리 어려운 처지에 놓이더라도 포기하지 않고 절망하지 않는다면 반드시 헤쳐 나갈 방법을 찾게 됩니다.

스스로 희망을 가지고 있을 때 비로소 희망을 만나게

됩니다.

마음속에 긍정의 힘, 희망의 씨앗이 있어야만 그 결과를 얻을 수 있습니다. 물론 스스로가 할 수 있는 최선을 다해야만 외부에서 도움을 얻을 수 있습니다. 희망의 끈을 놓지 않는다고 하면서도 정작 아무것도 하지 않는다면 소용이 없습니다. 자기가 처한 상황에서 스스로 할 수 있는 최선의 노력을 다해야만 바깥으로부터의 도움을 받을 수 있게 되는 것입니다.

주어진 하루하루에 최선을 다할 때 그 힘이 모여서 언젠가는 좋은 결과를 가져오게 됩니다. 결코 하루아침에 모든 것이 달라질 거라고 생각해서는 안 됩니다. 빗방울이 바위를 뚫듯이 작은 노력을 꾸준하게 지속하는 것이 중요합니다.

희망은 인간이 가질 수 있는 최고의 꿈입니다. 아름다운 희망을 언제나 마음에 간직하시길 바랍니다.

인간의 본성

　인간의 마음은 자아와 참자아로 나누어서 이야기할
수 있습니다.

　자아의 마음은 10%의 표면의식으로 작용하는 마음이
고, 참자아는 잠재의식으로 우리 마음의 90%를 차지하
고 있습니다. 인간이 일생을 살아가는 대부분의 시간을
자아의 작용으로 살아간다고 해도 과언이 아닙니다. 그
만큼 자기의 참자아에 대해 관심을 기울이지 못한 채로
한평생을 살아가는 것입니다.

　참자아는 무의식·잠재의식의 세계입니다. 자기의 내
면 깊은 곳에 있는 마음입니다. 이 마음을 위대한 신성
또는 불성이라고 부르고, 덕이나 지혜의 마음이라 부르
기도 합니다. 그 마음을 뭐라고 부르든 중요한 것은 우
리의 내면에는 위대하고 신성한 마음이 존재하고 있다

는 사실입니다.

일반적으로 사람들은 위기에 처했을 때 자기도 모르게 직관의 힘을 발휘하기도 합니다. 자기 자신도 모르게 위기에 대처하는 순발력이나 직감 같은 것이 작용할 때는 잠재의식에서 나오는 마음이 활동한 것입니다. 평생을 살면서도 이 마음에 대해 전혀 의식하지도 못하고 사는 사람이 대부분입니다. 그러나 이제는 더 이상 그렇게 자기 마음에 대해 무지한 상태로 살아서는 안 됩니다.

인류가 진보해 온 만큼 많은 사람들이 인간의 내면세계에 대해 탐구해 왔고, 그로 인해 인간의 내면세계가 가진 힘이나 특성에 대해 많은 연구결과가 도출되었습니다. 그 연구결과가 집적되어 철학과 심리학이라는 학문이 생겼고 이를 교육, 문화, 의료 등 여러 방면에서 활용하고 있습니다.

그런데 가장 중요한 것은 개개인이 자기 자신의 마음에 대해 무지한 채로 살아가고 있다는 사실입니다. 그래서 자기 마음에 대해 다른 사람에게 물어보고, 자기 앞날에 대한 조언을 들으려고 여기저기 찾아다니는 것입니다. 점술이나 심령술, 사주·역술 등에 대해 호기심을 가지거나 맹신하는 것도 바로 그런 점을 보여주는 것입니다. 만약 각자가 자신의 마음에 대해 조금이라도 이해하고 싶다면 스스로 자기 마음의 실체에 대해 좀 더 알아봐야 하지 않겠습니까?

자기 마음속에 어떤 마음이 존재하는지 알게 된다면 다른 사람에게 자신의 마음이나 자신의 미래에 대해 물어보고 그 대가를 지불하는 행위를 멈출 수 있을 것입니다. 또한, 자기의 앞날에 대한 불안과 걱정 따위도 모두 떨쳐 버릴 수도 있을 것입니다. 그럼, 지금부터 인간의 내면에는 어떤 속성이 있는지 알아보기로 하겠습니다.

앞에서 언급한 대로, 인간의 마음속에는 '자아'라는 작은 마음과 '참나'라는 큰마음이 있습니다. 자아의 작은 마음속에는 욕심·분노·어리석음이 있습니다. 누구에게나 자기를 지키려는 마음이 있고 더 많이 가지고 싶은 욕심이 있습니다. 속상한 일이 있으면 화를 내고, 인생의 소중한 가치나 지혜를 모르는 어리석음이 있기도 합니다. 그 욕심과 분노, 어리석음이 얼마나 많은가 적은가 정도의 차이가 있을 뿐 보통의 사람들이라면 누구나 다 가지고 있는 특성입니다. 그 욕심·분노·어리석음이 한 사람의 인생을 행복하게 하기보다는 불행하게 하는 데 더 큰 영향을 미친다는 사실 때문에 우리는 이 세 가지 본성을 제대로 이해하지 않으면 안 되는 것입니다.

더 많은 재물, 지식, 명예, 권력을 가지기 위해 욕심을 가지는 것, 작은 일에도 쉽게 화를 내고 분노를 견딜 수 없어 난폭해지는 것, 인생의 소중한 의미와 가치, 지혜를 모르고 무지한 채로 살아가는 것이 모두 삶을 불행하게 하는 원인입니다.

인생을 살아가면서 주어진 여건에 만족하고, 감사하면서 최선을 다해 살아가는 것을 삶의 가장 소중한 가치로 삼고 살아간다면 재물이나 지식, 명예, 권력도 저절로 뒤따라오기 마련입니다. 하지만 자기의 마음속에 있는 참다운 가치, 사랑의 마음을 외면하고 물질적인 욕심에만 치우쳐 살아가기 때문에 문제가 생기는 것입니다. 자기 마음의 중심(양심)을 놓쳐 버리게 되면 끝없는 욕심과 욕망의 포로가 되어 인생은 순식간에 불행으로 치닫게 됩니다.

우리의 마음속에는 언제나 선과 악이 공존하고 있습니다.

그래서 한시라도 방심하지 말고 깨어 있어야 합니다. 마음속의 선과 악은 동전의 양면과도 같아서 마음이 어느 한쪽으로 기울어지는가에 따라 선과 악이 나뉘게 됩니다. 그래서 항상 올바른 가치를 마음의 기준으로 삼고 일상생활을 해야 한다고 하는 것입니다. 선한 원인은 좋은 결과를 가져오고, 악한 원인은 나쁜 결과를 가져오기 마련이니까요.

인생을 풍요롭게 살아가기를 원한다면 항상 마음의 중심을 선한 마음에 두어야 합니다. 그 선한 마음을 양심, 도덕심이라고 하는데 그 마음이 가장 크게 자리하는 곳이 바로 잠재의식입니다. 자아의 마음속에 언제나 선과 악이 함께하고 있다면, 내면의 깊은 마음속에는 완전한 선의 마음, 완전한 사랑의 마음이 존재하고 있습니다. 많은 위대한 성인들이 '깨달은 마음'이라고 하는 것이 바로 이 '내면의 신성한 마음'입니다. 인간의 마음속에는 누구나 다 존재하는 마음이기에 깨닫게 되면 누구나 다 하느님의 마음, 부처님의 마음이 된다고 하는 것입니다.

누구나 다 인생을 살아갈 때 수없는 난관에 부딪히게 되는데, 그때마다 다른 누군가를 찾아가서 문제를 해결해 달라고 할 수는 없습니다. 그것은 자기 인생의 주인다운 모습이 아닙니다. 자기 인생의 진짜 주인공은 바로 자기 자신입니다. 그렇기 때문에 자기 마음의 상태가 어떤지, 마음이 어디를 향하고 있는지 날마다 살펴보지 않으면 안 됩니다. 마음은 한 순간도 방심해서는 안 되는 철부지 망아지 같기도 합니다. 방심하고 있는 순간, 외부로부터 오는 수많은 유혹에 마음의 주인 자리를 빼앗길 수도 있기 때문에 항상 고삐를 잘 잡고 있어야만 합니다.

자기 자신의 마음이 얼마나 위대한지 알고, 자기 마음의 주인은 바로 자기 자신이라는 사실을 절대 망각해서는 안 됩니다. 이기적이고 편협한 자아의 작은 마음에 이끌려서 살아갈 것이 아니라 내면의 위대한 마음, 참나의 마음으로 살아간다면 누구나 다 풍요롭고 조화로운 인생을 살아갈 수 있습니다.

두려움에 대해

인간은 살아가면서 수많은 경험을 하게 됩니다.

기쁘고 슬픈 일, 때로는 괴로운 일을 겪게 되는데 그 중에서 슬프고 괴로운 경험을 통해 고통의 쓴맛을 보게 됩니다. 고통의 쓴맛이 어떤 것인지 알고 나면 두려움을 가지게 됩니다. 그것이 얼마나 힘들고 무서운 것인지 알기 때문입니다. 그래서 인간은 '두려움' 때문에 두려움을 겪지 않으려고 노력하며 살아갑니다. 자기 자신과 가족을 지키기 위해 노력하고, 앞날에 대비해서 저축을 하거나 보험을 들기도 합니다. 그 모든 것의 근원에는 두려움이 존재하기 때문입니다.

인간이 만약 두려움을 모른다면 어떻게 되었을까요?

두려움과 고통을 모른다면 인간은 끝없는 쾌락을 추구하고 즐거움에 도취되어 살아갈 것입니다. 쾌락과 즐거움이 오직 기쁨이기만 하다면 좋겠지만 극단으로 치닫는 쾌락과 즐거움은 역시 고통과 절망을 가져옵니다. 그렇기 때문에 인간의 내면에 자리한 두려움이 반드시 나쁜 것만은 아닙니다. 두려움 때문에 절제할 수 있고 미리 조심하게 되니까요. 그러나 이 '두려움'이 지나칠 때 인간은 지극히 이기적이게 되는데 이런 마음을 '자기보존의식'이라고 합니다.

자기보존의식이 지나치게 강한 사람을 세상에서는 이기적인 사람이라고 합니다. 하지만 사람들마다 정도의 차이가 있지만 대개 조금씩 이기적이고 자기보존의식을 가지고 있기 마련입니다. 이것을 자각하는 사람들은 주위 사람들의 마음도 배려하게 되는데, 이를 이타심이라고 합니다. 상대방을 위하는 마음, 남을 이롭게 하는 마음이 곧 이타심입니다.

두려움이 강해지면 자기보존의식이 강해지는데 이로인해 욕망이 더 강해지게 됩니다. 두려움을 잊기 위해 혹은 두려움으로부터 자기를 보호하기 위해 여러 가지를 축적하게 되는 것입니다. 지식이나 돈, 명예, 권력에 대한 욕망이 강해지는 것도 바로 이런 마음에서 비롯된 것입니다. 그 밑바탕에는 두려움과 '자기보존의식'이 있는 것입니다.

자기보존의식이 강한 사람일수록 자기 자신과 자기 가족에 대한 집착이 강하게 됩니다. 그렇게 되면 나와 가족 이외의 사람들에게는 무관심해지거나 냉정해지게 됩니다. 자기 자신, 자기의 가족은 이웃이나 사회와 별개로 살아갈 수는 없습니다. 서로 협력하고 보완하며 함께 살아가야 하는 것이 인생이고 그것이야말로 조화로운 삶이라고 할 수 있습니다.

나 혼자만, 내 가족만 잘 살면 된다는 생각에서 벗어나 모두가 함께 잘 살아야 한다는 생각을 가져야 합니다. 이것이 바로 마음의 도리를 아는 삶이라고 할 수 있습니다.

올바른 마음

인생의 길이 있듯이 마음에도 길이 있습니다. 그것을 한자로 도道라고 합니다. 마음이 가야 할 올바른 길을 도道라고 하는 것입니다.

사람의 마음은 무한대이고 상념은 빛의 속도보다 빠릅니다. 그 생각과 마음은 중심을 바로 세우지 않으면 언제 어디로 뻗어나갈지 알 수가 없습니다. 그렇기 때문에 마음의 중심을 잘 잡고 올바른 생각을 확고하게 다져야만 인생길을 잘 헤쳐 나갈 수 있는 것입니다.

마음이 한 번 길을 잃기 시작하면 인생 그 자체도 혼란과 방황을 거듭하게 되는 것이니 마음의 중심을 잘 잡는 것은 그 무엇보다도 중요한 일입니다. 그래서 올바른 상념, 즉 올바른 생각이 가장 우선시되어야 하는 것입니다.

생각은 곧 창조하는 힘입니다.

그 창조하는 힘은 마음에서 나오는 것이기 때문에 항상 마음을 밝고 건전하게 가져야만 합니다. 창조하는 힘은 만물을 살리는 사랑의 마음, 자비의 마음에서만 비롯됩니다.

욕심과 거짓이 가득 찬 마음으로는 가치 있는 창조, 인류에 보탬이 되는 창조가 나올 수가 없습니다. 이것은 좋은 원인이 좋은 결과를 낳게 된다는 '원인과 결과의 법칙' 이기도 합니다.

날마다 자기의 마음에 거짓과 욕심이 없었는지 돌아보고 반성한 다음 똑같은 실수를 반복하지 않도록 실천한다면 반드시 좋은 결과를 얻을 수 있게 됩니다. 그것이야말로 올바른 마음을 찾는 길이며, 진정으로 가야 할 마음의 길입니다.

마음은 창조의 근원

사람들은 언제나 새로운 것을 창조하기 위해 많은 시간을 들여 공부하고 노력합니다.

새로운 것을 창조하기 위해 과거와 현재의 지식·기술을 습득하고 그 지식과 기술에서부터 무언가 보다 새로운 것, 더 나은 것을 창조하려고 노력합니다. 그러한 노력으로 인해 인류의 문명이 진화하고 발전해 온 것입니다.

이러한 모든 노력이 가능했던 것은 그 근원에 인류를 위한 헌신과 사랑의 마음이 있었기 때문입니다. 수많은 창조적인 결과물들이 모여 인류의 문명을 보다 높은 차원으로 끌어올릴 수 있었던 것입니다. 인류는 지금도 끊임없이 새로운 것을 창조하기 위해 밤낮으로 고군분투하고 있습니다.

수많은 사람이 창조에 대해 고민하고 있는 것도 자신의 삶과 세상을 보다 나은 방향으로 개선하고자 하기 때문입니다. 그만큼 우리에게는 '창조와 창조성'이 절실하게 필요하다는 것을 모두가 알고 있습니다.

그런데 정작 그 '창조하는 힘'이 어디에서 비롯되는가를 제대로 알지 못합니다. '창조하는 힘'이 뇌에서 비롯된다고 생각하는 것은 오류입니다. '뇌'는 수많은 지식과 정보를 저장하는 저장창고의 역할을 할 뿐입니다.

뇌는 그 속에 저장된 지식과 정보를 필요한 상황에서 꺼내 쓸 수 있도록 보관하는 곳이지 진정한 창조의 에너지가 있는 곳이 아닙니다. 창조하는 힘(에너지)은 어디까지나 자신의 마음속에 내재되어 있습니다.

인간은 살아가면서 10%의 표면의식으로 생활합니다. 내면의 90%를 차지하는 잠재의식에는 수많은 지혜의 보고實庫가 있음에도 불구하고 그것을 꺼내 쓰지 못한 채 일생을 마감하는 경우가 대부분입니다. 그렇다면 내면의 90%를 차지하는 잠재의식의 보고(지혜)를 꺼내 쓸 수 있는 방법은 무엇일까요?

그것은 표면의식과 잠재의식 사이에 있는 상념대想念帶를 정화하는 방법밖에 없습니다. 상념대는 우리가 살아가면서 경험한 모든 것이 저장되는 저장공간인데 마음의 녹화필름이라고 생각하면 됩니다. 상념대를 정화한다는 것은 자신의 수많은 경험 중에서 올바르지 않은 생각, 말, 행위를 반성하는 것을 말합니다.

올바르지 않은 생각이나 말, 행동은 자신의 마음속에 어두운 스모그를 형성하고 이 마음의 구름이 상념대를 어둡게 만듭니다. 상념대에 어두운 구름이 가득하게 되면 잠재의식과 표면의식을 가로막게 되는 것입니다. 반대로 상념대의 스모그를 제거하게 되면 잠재의식이 표면의식과 연결되어 내재된 지혜가 밖으로 용출되는 것입니다.

상념대의 스모그를 제거하는 가장 좋은 방법은 날마다 자신의 생각, 말, 행동에 잘못이 없었는지 반성하고 자신의 결점을 수정하면서 살아가는 것입니다. 살아오면서 경험한 모든 것을 돌아보면 현재 자신의 결점을 만든 원인을 찾을 수 있고, 그 원인을 찾게 되면 결점을 수정하는 데 큰 도움이 됩니다.

부모, 형제, 친구, 선후배, 직장동료 등 자신과 관계 있는 모든 사람들과의 관계를 돌아보고 부조화한 것은 없는지, 그 원인은 무엇인지 돌아보는 것은 상념대를 정화하는 데 가장 중요한 부분입니다. 주변의 사람들은 자신의 결점을 발견하기에 가장 좋은 관계이기 때문입니다. 이때 감정에 치우쳐서 자기 자신의 입장만을 고수해서는 안 됩니다.

제삼자의 입장, 객관적이고도 이성적인 시선으로 자신의 모습을 성찰하는 것이 가장 중요합니다. 자기를 성찰하여 자신의 잘못을 반성한 다음, 자신의 결점을 수정할 때는 마음이 한결 가벼워지고 밝은 기분을 느낄 수 있는데 이것이 바로 상념대가 정화된 상태입니다.

'마음을 닦는다'고 하는 것은 바로 상념대에 낀 마음의 먼지를 닦아낸다는 뜻입니다. 마음을 닦는 과정이 오래 지속되면 마음이 맑아지고 밝아지게 되는데 그만큼 실제 얼굴색도 맑아지고 표정이 밝아지게 됩니다. 이것 또한 색심불이色心不二라고 할 수 있습니다.

날마다 마음에 낀 먼지를 닦아내고 일상생활을 올바르게 한다면 누구나 다 창조적인 힘을 발휘할 수 있게 됩니다.

올바른 마음이 바로 자신의 주인이다

이 세상에는 수많은 사람들이 살아가고 있습니다.

자기를 둘러싼 주변에도 수많은 사람이 함께하고 있습니다. 그 많은 사람이 서로 어울리고, 서로 도우면서 살아가는 것이 인생입니다. 하지만 우리는 간혹 주위 사람들의 말로 인해 상처 받고 괴로워하기도 합니다. 때로는 극심한 우울증에 빠져 극단적인 선택을 하는 안타까운 경우도 있습니다.

다른 사람들의 말로 인해 상처 받고 괴로움을 겪을 때마다 우리는 자기 자신이 자기의 주인이라는 생각을 확고하게 하지 않으면 안 됩니다. 다른 사람들이 당신의 인생에 대해 뭐라고 말하든 그것에 대해서 너무 신경 쓰지 않고 살아가야 합니다. 왜냐하면 그 사람들은 당신 자신이 아니기 때문입니다.

당신은 오직 당신 자신일 뿐입니다.

당신이 바로 자신의 주인입니다.

그 누구도 당신의 삶을 대신 살아줄 수가 없습니다.

그리고 가장 중요한 것은, 사람들은 저마다 비슷한 삶을 살아가고 있는 것 같지만 모두가 제각기의 삶을 살아가고 있다는 사실입니다. 모두가 비슷한 생각을 하고 있는 것도 아니고, 모두가 비슷한 인격人格이나 영격靈格을 가지고 있는 것이 아닙니다. 사람은 저마다의 가치와 생각, 환경, 교육의 정도에 따라 삶의 방향이 다르고 지향하는 목표가 다릅니다. 그렇기 때문에 타인의 말에 내 삶이 흔들려서는 안 됩니다. 그리고 그 누구도 타인의 삶에 대해 함부로 심판하고 비난해서도 안 됩니다. 당신의 눈에 보이는 현상이 그 사람의 전부가 아니기 때문입니다.

사람마다 마음의 성장 속도가 다르기 때문에 지금 당신의 눈앞에 보이는 상대방의 모습을 보고 그것이 그 사람의 전부라고 생각해서는 안 됩니다. 사람은 누구나 다 끊임없이 변화하고 성장합니다. 그러므로 다른 사람의 과거나 현재의 모습을 보고 그것이 그 사람의 전부라고 판단해서는 안 됩니다.

또한, 다른 사람이 당신의 삶에 대해 뭐라고 하는 것이 기분 좋지 않은 것과 마찬가지로 다른 사람 역시 누군가가 자신의 삶이나 생각, 말에 대해, 혹은 행동에 대해 비난하거나 심판하는 것을 좋아하지 않습니다. 대부분의 관계에서 벌어지는 싸움이나 갈등, 오해 등의 부조화가 바로 여기에서 비롯된다는 것을 알아야 합니다.

지금도 수많은 매체를 통해서 타인의 삶을 보게 되고, 당신의 삶이 수많은 사람들에게 노출되기도 합니다. 그런 과정에서 서로가 서로에게 관심을 가지게 되고, 그 정도가 지나치면 비난이나 혐오의 말을 주고받기도 합니다. 그런 과정에서 어떤 사람들은 대인기피증이나 불안증, 우울증을 겪기도 합니다. 이런 일이 생기게 된 원인이 무엇인지 곰곰이 생각해 봐야 하겠습니다.

먼저 자기 자신의 삶을 과도하게 드러내고 있지는 않는지 살펴봐야 하겠습니다. 그리고 자신의 삶이 드러날 수밖에 없는 삶을 살고 있다면, 그 어떤 사람들의 관심이나 비난의 말에도 흔들리지 않을 만큼 마음의 중심이 뿌리 깊게, 튼튼하게 자리잡고 있는지 생각해 봐야 합니다. 그리고 어떤 사람의 시기, 질투, 비난, 혐오의 말에도 흔들리지 않는 자기만의 삶을 살아야만 합니다.

자기 인생의 주인은 바로 자기 자신이며 자기 마음의

주인도 바로 자기 자신이기 때문입니다. 다른 사람의 말이나 생각이 내 삶과 내 마음을 침범하게 내버려 두지 마세요. 내 마음은 그 어떤 것도 함부로 침범할 수 없다는 생각을 확고하게 가져야만 합니다.

자기 인생을 올바르게 살아가겠다는 자기 내면에 대한 믿음만으로 충분합니다. 그 어떤 비난의 말, 상처 주는 말에도 상처 받지 않는 자기를 만들어 가는 것이 바로 진정한 자기가 되는 길이며, 자기 자신이 주인이 되는 삶을 살아가는 길입니다.

어떤 어려운 상황에 놓이더라도 올바른 자기 자신의 마음에 대한 믿음과 용기를 잃지 말아야 합니다.

치우침이 없는 중도中道의 마음

　오늘날 많은 사람들은 마음을 잃고 방황하며 살아가고 있습니다.

　자신의 마음을 잃는다는 것은 자기 자신이 주인으로 살아가지 못하는 것을 말합니다. 어디까지나 자기 인생의 주인은 자기 자신이며 자기 마음의 주인도 자기 자신이어야 합니다. 이때 주인이 되는 마음이란 어떤 마음이어야 하는 것일까요?

　그 마음은 결코 흔들리지 않는 중도中道의 마음이어야만 합니다. 좌나 우에 편향되지 않고 조화를 이루는 선한 마음이 바로 주인된 참마음입니다. 올바름을 바탕으로 조화를 이루는 마음이 바로 자신의 진정한 마음이며 주인된 마음입니다.

　이 마음을 참마음, 참나, 주인공이라고 하고 내재된

신성·불성의 마음이라고 합니다. 그 주인된 마음의 이름을 무엇이라고 부르든 자기 자신의 크고 위대한 마음이 진정 자기 자신의 참모습이라는 것을 깨달아야 하는 것입니다.

오늘날 세상은 물질 만능주의로 치닫고 있습니다. 물질적 가치를 기준으로 삼아 살아가는 것은 마음의 소중함과 위대함을 망각한 삶이라고 할 수 있습니다. 인간은 영혼을 가진 존재이며 영혼은 영원히 불멸한다는 것을 깨달아야 합니다. 자연계의 모든 물질과 생명이 순환하는 것처럼 인간의 영혼 또한 전생윤회轉生輪廻하며 살아가게끔 되어 있다는 것을 알아야 합니다.

지구상의 모든 존재는 자연의 법칙에 따라 순환하고 있습니다.

인간 또한 예외일 수는 없습니다. 모든 것이 자연에서 와서 자연으로 돌아가기 마련입니다. 그렇기 때문에 인간과 자연은 서로 별개가 아니라 한 몸이라 생각하고 아끼고 돌봐야 합니다.

대자연의 혜택이 없다면 인간은 한 순간도 살아갈 수가 없는데 어떻게 해서 인간은 오직 인간만이 최고의 존재라고 착각하고 살아가는지 알 수가 없습니다. 물 한 방울, 공기 한 모금이 없다면 당장에 살아갈 수가 없는 존재임에도 인간은 자연의 소중함을 모르고 오히려 파괴하며 살아가고 있습니다.

한 사람이 태어나서 살아가는 일생 동안 수많은 생명과 자연이 도움을 주고 있다는 사실을 알아야 합니다. 그렇다면 그 자연과 생명에게 고마워하고 함부로 대하는 일이 없게 될 것입니다. 또한 고마움을 안다면 그 고마움을 행동으로 실천하며 살아야만 마땅합니다.

각자가 처한 삶 속에서 어떻게 하는 것이 그 고마움에 보답하는 길인지 찾아보고 실천하는 삶을 살아야 하겠습니다.

너와 나의 구분이 없는 마음

마음의 도리道理를 마음의 이치라고 합니다.

이치理致는 모두를 이롭게 하는 길입니다. 세상의 모든 만물은 서로 조화를 이루며 살아가도록 짜여 있습니다. 서로 돕고 협력하고 보완하여 살아야만 조화를 이룰 수 있는 것입니다.

힘이 센 사람, 머리가 좋은 사람이 서로 돕고 협력해야 어려운 일도 잘 해결할 수 있는 것입니다. 마음이 잘 맞는 사람도 있고 잘 맞지 않는 사람도 있지만, 알고 보면 모두가 서로 '한마음'으로 연결되어 있습니다.

우주의 삼라만상이 모두 하나로 연결되어 있음을 알게 된다면 '너와 나'의 구분이 없어지게 됩니다. 이것이 곧 마음의 도리를 깨닫는 것입니다. 이것이야말로 마음이 가야 할 올바른 길입니다.

말을 할 때의 마음가짐

말이라고 하는 것은 생각과 마음을 소리로 나타내는 것입니다. 좋은 생각, 좋은 마음에서 나오는 말은 아름답고 따뜻하기 마련이고 성내는 마음, 어두운 마음에서 나오는 말은 거칠고 사나운 말이 되고 맙니다. 그 소리와 뜻이 모두 어둡고 차가우며 거칠어서 듣는 사람뿐만 아니라 그 말을 하는 당사자에게도 상처를 입히는 말이 됩니다.

자기 자신과 남을 상처 입히는 말이란 남을 심판하는 말, 비난하는 말, 욕하는 말, 무시하는 말, 이간질 하는 말, 중상모략 하는 말, 시기·질투하는 말입니다.

누군가를 만나 말을 할 때마다 상대방에게 좋은 마음, 감사하는 마음, 사랑의 마음을 가지고 말하도록 해야 합니다. 좋은 말, 사랑의 말은 결국 상대방뿐만 아니라 자기 자신을 행복하게 해주기 때문입니다.

남을 위하는 말은 결국 자기 자신을 위하는 말이라는 것을 안다면 결코 함부로 말할 수는 없을 것입니다. 그 어떤 어려운 경우에라도 말조심을 한다면 그 일을 잘 해결할 수 있고, 오히려 그 말로 인해 도움을 받을 수도 있습니다.

'말 한 마디로 천 냥 빚을 갚는다' 는 속담도 바로 이런 뜻이지 않을까요? 고운 말, 바른 말, 친절한 말을 하는 것은 결국에는 자기 자신을 이롭게 합니다. 그렇기 때문에 먼저 사랑의 마음, 친절한 마음, 남을 살리는 마음을 가져야만 하는 것입니다.

감정 조절의 중요성

우주는 언제나 사랑으로 가득 차 있습니다.

아름다운 별빛을 보고 행복한 마음을 느낄 수 있는 것은 그 빛이 사랑을 담고 있기 때문입니다. 만약 그 빛이 사랑이 아니라면 우리가 기쁨이나 희망, 꿈같은 아름다운 느낌을 가질 수가 없습니다. 별빛을 보고 아름다운 꿈을 꾸며 미지의 세계를 동경하는 것은 그 별빛 속에 깃든 '사랑' 때문입니다.

우리가 만약 꽃을 보고도 기쁨이나 환희를 느낄 수 없다면 그것은 꽃의 문제일까요? 아니면 그 꽃을 바라보고 있는 사람의 문제일까요? 어떤 사람은 꽃을 보고 기쁨이나 행복감을 느끼는데 어떤 사람은 아무런 느낌이 없다면 그 꽃을 바라보는 사람의 마음에 그 원인이 있다고 할 수 있습니다.

그것은 아름다운 것을 보고도 아름답다고 느끼지 못하는 마음이 원인입니다. 그 원인이 되는 마음은 '감정'입니다. 마음의 여러 영역 중에서 '감정'의 영역이 아주 작아지고 위축되어 있기 때문인데, 그것은 이성이나 지성, 본능의 영역이 너무 비대해져서 그런 것입니다.

대개 감정의 영역을 크게 위축시키는 것은 '이성'인데 이성의 힘이 너무 강하게 커져서 감정이 위축되는 것입니다. 또 '지성'이 너무 크게 작용하는 경우도 있습니다. 만약 자신의 감정이 메말라 있다거나 반대로 감정이 지나치게 풍부하다면 그 원인이 무엇인지 스스로 점검해 볼 필요가 있습니다.

감정이 풍부한 것은 인간적으로 보여 좋은 현상인 것 같지만 지나치게 풍부하다면 역시 문제가 됩니다. 감정에 치우쳐서 이성적인 판단을 하지 못하기 때문입니다. 젊은 남녀가 첫눈에 반해 서로 사랑하게 되었을 때 물불을 가리지 못하는 것도 감정영역이 이성을 마비시키기 때문입니다.

감정은 인간의 마음을 아름답게 하는 중요한 기능을 맡고 있지만 감정에 휩쓸려서 살아간다면 인생을 조화롭게 살아가기가 어렵습니다.

감정에 치우치다 보면 그날 해야 할 일, 맡은 책임과 의무 등을 이행해야 함에도 불구하고 화가 났다고 또는 기분이 너무 좋다는 핑계를 대며 회피하기 쉽습니다. 감정이 너무 우울해도 문제가 되고 너무 들떠 있어도 문제가 됩니다. 어떤 큰 슬픔이나 기쁨을 경험하더라도 그 감정에 너무 오래 머물러 있는 것도 좋지 않습니다.

평소 자기의 감정기복이 너무 심하지 않은지 스스로 살펴보고 그 원인은 어디에 있는지 찾아보는 것이 중요합니다. 스트레스가 너무 많다든가 감정조절이 잘 안 된다든가 한다면 그 원인을 찾아 해결해야 하겠습니다.

무엇보다도 슬픈 일, 기쁜 일, 화나는 일이 있더라도 스스로 감정을 절제할 줄 아는 것이 성숙한 모습이라고 할 수 있습니다. 내적으로 성장해 나가는 인생 여정에서 감정을 스스로 조절하는 능력을 갖추는 것은 아주 기본적인 일이며 매우 중요한 일임을 알아야 하겠습니다.

물 위에 떠서 흐르는 꽃잎같이

법法에 따라 산다는 것은 꽃잎이 냇물 위에 떨어져 물이 흐르는 대로 흘러가는 것과 같습니다. 꽃잎은 꽃잎인 채로 존재하되 물과 함께 가는 것입니다. 물은 위에서 아래로 순리에 따라 흐르니, 법의 표상이라고 할 수 있습니다.

올바른 도리, 올바른 길을 법法의 마음이라고 합니다. 물(氵)이 흘러가는(去) 이치가 곧 법法입니다. 사람도 이와 같이 순리대로 살아간다면 모든 것이 저절로 이루어지게 됩니다. 이것이 바로 법法의 도리입니다. 올바르게 살아가다 보면 모든 것이 저절로 이뤄진다는 것을 깨닫게 될 것입니다.

조금 더 가지려고 아등바등 기를 쓰고 욕심을 내는 것

이 겉보기에는 더 많이 가질 것 같지만 그렇지 않습니다. 종국에는 모두 내려놓아야 할 것들입니다. 더 많이 가진 사람은 더 많이 내려놓아야 하는데, 굳이 더 가지려고 기를 쓰고 덤벼들 필요가 있을까요?

누구든 각자 처해진 상황에 맞게 자기의 인생을 살아가는 것이 바로 순리에 맞게 살아가는 것입니다. 한꺼번에 모두 가지려고 욕심내지 말고, 자기의 처지와 능력에 맞게 차근차근 노력하고 성취해 나가는 것이 가장 좋은 길이요, 바른 길입니다.

2부

나를 찾는 길

사랑 · 1

태양은 온 세상을 밝게 비춥니다.

나라와 인종을 구분하지 않고
종교와 종파를 가리지 않으며
가진 자와 못 가진 자, 배운 자와 못 배운 자,
신분이 높고 낮음을 가리지 않습니다.
태양의 빛은 모두에게 평등합니다.

사랑도 이와 같습니다.

사랑 · 2

사람이 살아가는 일평생 동안 가장 소중한 것이 바로 사랑의 마음입니다. 사랑을 받고 태어나 사랑으로 길러지며 사랑을 찾아 결혼하고 가정을 일구며 한평생을 살아갑니다. 그러나 어떤 이는 그 사랑을 찾지 못해 오랫동안 방황하고 헤매면서 세월을 허송하기도 합니다. 그것은 바로 사랑이 멀리 밖에 있다고 믿기 때문입니다. 사랑은 바로 자기의 마음속에 있다는 것을 모르기 때문입니다.

외롭고 고독하며 방황하는 이들은 자기 마음속 깊은 곳에 숨어 있는 사랑을 스스로 발견해야만 한다는 것을 깨달아야 합니다. 사랑은 그 어디에나 있지만 자기 내면에 있는 사랑을 찾지 못한다면 바깥에 있는 사랑도 찾을 수가 없습니다. 설사 바깥에 있는 사랑을 찾았다 하더라도 자기 마음속 깊은 곳에 내재한 사랑을 찾지 못한다 그 사랑은 온전히 자기의 것이 될 수 없습니다.

자기 인생의 주인은 자기 자신이기 때문에 자기 마음속에 숨어 있는 사랑이 온전한 자기라는 사실을 깨달아야 합니다. 그 어떤 사람이라도 내면의 '참나'는 '완전한 사랑' 그 자체입니다. 그것을 깨달을 때까지 인간은 수많은 시행착오와 실패를 경험하는 것입니다. 결국은 그 모든 인생의 경험들이 자기 내면의 사랑을 찾기 위한 기나긴 여정이라는 것을 언젠가는 알게 될 것입니다.

사랑은 끝없는 용서이고 이해이다

우리는 살아가면서 수많은 사람을 만나고 수많은 경험을 하게 됩니다. 그 사람들을 통해서 인생의 소중한 추억을 만들기도 하지만 또 상처를 받고 슬픔을 경험하기도 합니다. 상처나 슬픔은 고통을 가져옵니다.

우리는 그 고통을 통해 인생에 대한 회의와 의문을 가지게 됩니다. 그런 시간을 경험하면서 인간은 성장하게 되는 것입니다. 만약 고통이나 슬픔 같은 시련이 없다면 우리는 무엇을 통해 자신의 마음을 들여다볼 수 있을까요?

과연 하던 일을 멈추고 숨을 고르기나 할까요? 나는 왜 이런 슬픔을 겪고 있는지, 왜 이런 시련을 겪고 있는지 마음을 돌아보기나 할까요? 그 어떤 고통이나 시련도 시간이 지나가면 차츰 줄어들고 회복이 됩니다.

시간이 약이라는 말이 있는 것처럼 말입니다. 그때 우리는 깨닫게 됩니다. 상처나 고통, 시련이 자기 자신을 성장시켜 주었다는 사실을 알게 되는 것이지요. 인생이라는 기나긴 여행길에서 우리는 수많은 실패와 좌절, 시련을 겪게 되지만 차츰 그 시행착오를 줄여나갈 수 있게 됩니다. 그것은 바로 실패나 시련의 경험을 통해 배운 것을 자기 삶에 반영하기 때문입니다.

이때 우리는 '용서'에 대해 생각해 봐야 합니다.

과거의 시간 속에서 만난 많은 사람들뿐만 아니라 현재를 함께 살아가는 사람들 중에도 자신에게 고통을 준 사람이 있기 마련입니다. 누구나 다 그런 경험을 가지고 있다고 할 수는 없지만 많은 사람들이 마음속에 미움, 증오, 원한을 불러일으키는 사람을 용서하지 못한 채 살아가고 있습니다. 만약 그런 사람이 마음속에서 아직도 미움, 증오, 원한, 분노 등의 부정적 감정이나 두려움의 고통을 주고 있다면 이제 그만 그 사람을 용서해야만 합니다.

용서하십시오. 용서는 그 사람을 위한 것이기도 하지만 바로 나 자신을 위한 선택입니다. 내가 그 누군가를 용서하게 될 때 나 또한 그 누군가로부터 용서받을 수 있습니다. 그리고 '용서'는 자기 자신의 마음을 사랑과 평화의 길로 안내하는 가장 중요한 열쇠가 되어 줍니다.

'용서'는 자기 자신의 마음을 여는 열쇠이자
사랑의 길을 밝혀 주는 등불입니다.

진정으로 사랑이 가득 찬 마음으로 살아가길 바란다면 먼저 용서하는 법을 배우고 그것을 실천해야만 합니다. 용서하기 위해서는 상대방의 입장과 상대방의 마음을 이해할 수 있어야 합니다. 그때 그 상황에 대해, 그때 그 사람의 입장에서는 어떻게 생각했을지에 대해 이해하는 마음이 필요합니다. 내 생각, 내 마음, 나의 처지에서만 생각한다면 결코 그 누구도 이해할 수가 없습니다. 상대방의 입장에서 생각해 보고 그 사람의 마음을 헤아려 줄 수 있을 때만이 용서할 수 있는 것입니다.

도대체 그 사람은 왜 그렇게 말했을까? 도대체 그 사람은 왜 그렇게 행동했을까? 하면서 상대방을 비난하고 상대방에게 화내는 것을 멈춰 보십시오. 화내는 마음으로는 그 누구도 이해할 수 없고 그 누구도 용서할 수 없습니다.

용서와 이해가 필요하다면 가장 먼저 화내지 않는 마음을 가지도록 하십시오. 그 어떤 일에도 화내지 않겠다고 굳게 결심하십시오. 그런 다음 상대방을 이해하려는 마음을 가져 보십시오. 상대방을 이해하게 되면 용서는 저절로 내 마음에 들어와 있기 마련입니다.

용서가 마음에 자리 잡기 시작할 때 비로소 우리는 진정한 사랑의 기쁨을 깨닫게 됩니다.

사랑의 마음이 없다면

사랑의 마음이 없다면 우리는 무슨 힘으로 살아갈 수 있을까요?

인간이 살아가는 데 필요한 의·식·주가 모두 해결되었다고 하더라도 사랑의 마음을 잃어버린다면 그 사람은 결코 행복한 삶을 살아갈 수가 없습니다. 인간이 살아가면서 기쁨과 행복을 누릴 수 있는 것은 '사랑의 마음' 때문입니다. 기쁨과 행복 속에는 언제나 누군가를 사랑하는 마음, 누군가로부터 사랑받는 마음이 있기 때문입니다.

사랑을 주고, 사랑을 받고 그렇게 서로 사랑을 나누며 살아가는 것이 참다운 행복임을 우리는 잘 알고 있습니다. 그리고 그중에서도 가장 고귀한 사랑은 자기 자신을 사랑하는 마음입니다. 자기 자신의 마음은 완전한 기쁨,

완전한 사랑 그 자체입니다.

　내면 깊은 곳에서 마르지 않는 샘물처럼 솟아나는 것이 바로 참사랑의 마음입니다. 그 '사랑' 은 절대로 사라지지도 않고 무엇으로도 훼손되지 않는 완전한 사랑입니다. 그 사랑의 마음을 자기 스스로 찾아가는 것이 인생이라고 할 수 있습니다. 누구나 다 가지고 있는 내면의 큰 사랑을 두고 밖에서 사랑을 구하려고만 하기 때문에 끝없이 사랑을 찾아 헤매이게 되는 것입니다.

　　자기 마음속에 있는 사랑을 발견하는 일,
　　그것은 진정한 자기를 찾는 길이기도 합니다.

　부모와 자식 간의 사랑, 친구나 연인 간의 사랑 등 세상에는 수많은 관계 속의 사랑이 있지만 그 모든 사랑의 원천은 바로 자기 내면의 사랑임을 알아야 합니다. 만약, 지금 사랑받지 못하고 있다고 느낀다면 자기 마음속을 들여다보기 바랍니다. 자기 마음속, 어둠 속에서 당신을 기다리고 있는 사랑의 빛을 발견하게 될 때까지 자기의 내면으로 여행을 떠나보기 바랍니다.

　마음속에는 태초부터 있어왔던 사랑이 당신을 기다리고 있습니다. 그 사랑이 당신을 만나기 위해 기다리고 있습니다. 너무 멀리 떠나 여행을 하기보다는, 먼저 당신 마음속에 있는 사랑을 발견하십시오. 그 사랑을 찾게 될 때 당신은 세상의 모든 사랑을 가진 것이나 다름없다는 것을 깨닫게 될 것입니다.

사랑의 방법

　우리는 한 순간도 사랑이 없이는 살아갈 수가 없습니다. 살아가는 모든 순간이 사랑의 작용이라고 할 수 있기 때문입니다. 우리는 부모님의 사랑, 친구와 연인, 선후배간의 사랑, 이웃과의 사랑뿐만 아니라 사회나 국가를 유지하는 모든 구성원들의 사랑 속에서 살아가고 있습니다. 하지만 때로는 이런 사랑의 마음을 느끼지 못하고 살아가기도 합니다. 그것은 마음이 차갑게 식어 있기 때문입니다.

　마음이 차갑게 식어 있을 때를 우리는 마음이 닫혀 있는 상태라고 말합니다. 마음이 닫혀 있으면 이 세상을 밝게 비춰 주는 태양의 빛에도, 꽃의 아름다운 모습이나 향기에도 아무 감흥을 느낄 수가 없습니다. 주위의 사람들이 전하는 따뜻한 말 한마디, 온정의 마음도 느낄 수가 없습니다. 그야말로 마음은 암흑세계인 것입니다.

　사랑의 마음은 밝은 마음이며 따뜻한 마음이고, 열려
있는 마음입니다.

　우리가 누군가에게 '사랑합니다' 라고 말하는 것은
열린 마음, 따뜻한 마음에서 비롯된 것입니다. 하지만
상대방의 마음이 아직 열리지 않고 차갑게 식어 있을 때
는 어떻게 해야 할까요? 그때는 상대방을 위해 기도해
주어야 합니다. 아직 때가 되지 않아서 당신의 마음을
받아주지 못한다고 낙심하지 마세요. 언젠가는 차갑게
얼어버린 마음도 녹기 마련이니까요. 절대 조급하게 다
가가려고 해서는 안 됩니다. 그것조차 욕심입니다.

　사랑의 마음은 흐르는 물처럼 자연스럽게 다가가야
합니다. 내 생각, 내 욕심으로 사랑을 강요할 수는 없습
니다. 봄날의 따스한 햇볕이 기분 좋게 얼굴에 다가오면
마음이 행복해지는 것처럼 사랑의 마음도 그렇게 전해
져야 합니다. 사랑의 마음에는 그 어떤 강요나 억지, 설
득 같은 것이 들어 있어서는 안 됩니다. 당연히 분노, 미
움, 증오, 비난 같은 것이 있어서도 안 되지요.

　사랑의 마음은 오직 오래 기다리고, 용서하고 이해하

는 것입니다. 진심으로 누군가를 사랑한다면 그 사람의 마음이 열리기를, 그 사람의 마음이 따뜻하게 녹기를 기다리며 기도해 주세요. 그것이 진정한 사랑의 마음이며 사랑하는 방법입니다.

온전穩全한 사랑

온전한 사랑은 따뜻하고 평화로우며 완전한 마음입
니다. 사랑의 마음은 누구에게나 있습니다. 하지만 그
사랑이 가슴 속에 얼마나 꼭꼭 숨겨져 있느냐, 아니면
바깥으로 드러나 있느냐, 다른 누군가를 위해 그 사랑의
마음을 나누는가에 따라 사랑의 정도와 깊이를 가늠할
뿐입니다.

모든 사람들의 마음속에는 온전한 사랑이 내재되어
있습니다. 자기 자신이 그것을 깨닫지 못한 채 살아가는
사람도 있고 이미 그것을 깨달은 사람도 있습니다. '사
랑'의 본질을 이해한 사람들은 자기 자신이 곧 사랑이라
는 것을 깨닫습니다.

그래서 자기의 모든 삶 속에서 사랑을 실현하는 것입
니다. 사랑의 마음으로 일하고 사랑의 마음으로 봉사하

는 것입니다. 삶의 모든 순간순간을 사랑으로 채워 가는
것입니다. 그러한 삶이야말로 가장 아름답고 고귀한 삶
이라고 할 수 있습니다.

누군가를 위해 사랑의 마음을 나눌 때 그 행위는 바로
자기 자신을 위한 일임을 알아야 합니다. 나누는 사랑은
그만큼 커지게 되고, 작용과 반작용의 법칙에 따라 그
사랑이 자기에게로 돌아오게 되는 것입니다.

사랑은 아무리 퍼내 써도 마르지 않는 샘이며
아무리 써도 부족함이 없는 태양의 빛과 같습니다.

온 우주에 가득 찬 사랑을 드러낼 수 있는 길은 오직
사람들의 삶 속에서 사랑을 나누는 길뿐입니다. 가슴속
깊은 곳에 내재되어 있는 사랑을 일깨우고 사랑의 마음
에 불씨를 지피세요. 그리고 그 마음의 등불을 환하게
밝히세요. 그런 다음 누군가의 마음에 그 빛이 가닿을
수 있도록 삶을 따뜻하고 평화롭게 살아가십시오.

온전한 사랑은 고요하고 평화로운 가운데 그 빛을 드
러냅니다. 자기를 사랑하고 자기와 함께 살아가고 있는
주위의 모든 사람들을 사랑하십시오. 그것이 온전한 사
랑의 삶입니다.

자비와 사랑

자비란 태양의 빛이 지상의 만물에게 골고루 비춰지는 것과 같습니다. 태양빛은 사람의 지위고하, 배움의 많고 적음에 상관하지 않고 모두에게 고루 비춰집니다. 지상의 모든 만물, 모든 생명에게 고루 비춰지는 태양빛과 같이 자비의 마음도 세상 모든 이에게 평등한 마음입니다.

자비의 마음은 태양빛과 같이 사람들의 마음을 따뜻하게 해주고 사람들의 마음을 평화롭게 해주는 마음입니다. 사랑의 마음도 이와 같습니다. 사랑의 마음과 자비의 마음은 같은 것이지만 사람과 사람 사이에서 오가는 마음, 서로 위해 주고 돌봐주는 마음을 사랑의 마음이라고 합니다.

자비를 태양빛과 같이 신이 인간에게 내려주는 종縱

적인 빛이라고 한다면 사랑은 지상의 사람들 속에서 나누는 횡橫적인 빛이라고 할 수 있습니다. 그러나 그것은 결코 따로 나눠서 구분 지을 수는 없습니다. 자비의 마음이나 사랑의 마음은 하나의 마음으로 이해하면 됩니다.

우주는 법칙에 의해서 존재하고 있는데 그것이 곧 자비와 사랑의 법칙입니다. 태양계와 무한한 우주, 수많은 행성이 공존하고 있는 것도 모두 자비와 사랑의 법칙이 존재하기 때문이라는 것을 알아야 합니다. 우주의 삼라만상이 질서정연하게 움직이고 있는 것이 곧 자비와 사랑이 빚어낸 조화로운 모습이라고 할 수 있습니다.

지구의 자전과 공전, 조수간만의 차이, 중력의 법칙, 자력의 법칙, 원자와 원자핵의 구성 등 모든 자연계의 법칙들 또한 이러한 자비와 사랑의 법칙으로 존재하는 것입니다. 마음이 없는 자연이라고 생각해서는 안 됩니다. 법칙에는 인간의 마음이 개입할 수는 없지만 우주의 법칙 속에는 신의 자비와 사랑이 가득 차 있습니다.

우주의 법칙은 곧 신의 사랑입니다.

물리학에서 말하는 중력의 법칙이나 자력의 힘 같은

것은 자연의 현상입니다. 자연계의 모든 현상 속에는 숨겨진 에너지가 있고 그 에너지들은 원자와 원자의 결합, 상호작용에 의해 힘을 가지고 존재하고 있습니다.

전기력, 자기력, 중력, 태양열과 풍력도 모두 이러한 원자와 원자의 상호 작용에 의해 만들어지는 에너지입니다. 이런 자연계의 에너지를 이용해서 살아가는 것이 인간인데 인간들은 무상으로 제공받는 자연의 에너지에 고마움을 모르고 살아갑니다.

우주의 모든 에너지는 생명의 에너지이기 때문에 살아 있는 에너지로 서로 작용하는 것입니다. 죽은 에너지라면 그것은 그 어떤 열과 빛도 만들어 낼 수 없는 것입니다. 열과 빛을 내고 에너지를 방출하는 힘을 가진 것이 자연이고 우주인데 어떻게 해서 자연에는 생명이 없고 마음이 없다고 할 수 있겠습니까?

자연에 생명이 없고 마음이 없다고 생각하는 사람들도 있을 것입니다. 하지만 그것은 어디까지나 생명의 실상, 우주 존재의 실상을 이해하지 못해서 그렇게 생각하는 것입니다.

밤하늘의 수많은 별들을 바라보고 있으면 무한한 우주에의 동경심으로 마음이 설레고 드넓은 바다를 보면 한없이 마음이 넓어짐을 느낄 수 있는 것은 대자연의 마음과 인간의 마음이 상통하기 때문입니다. 인간의 마음 속에도 대자연의 위대함과 같은 큰마음이 존재하기 때문에 자연을 보고 기뻐하고 자유로운 마음을 느낄 수 있는 것입니다. 대자연의 위대한 마음은 곧 인간의 위대한 마음과 같다고 할 수 있습니다.

우주에서 바라보는 지구는 아주 작아서 한 개개인의 존재는 미미할 뿐이지만 인간의 의식(마음)은 우주와 연결이 되어 있어서 언제나 서로 소통할 수가 있습니다. 이를 두고 우주즉아宇宙卽我라고 하는 것입니다. 인간의 내면에는 신성神性·불성佛性이 있는데 그 신성·불성이 곧 우주의 마음, 대자연의 마음인 것입니다.

본래 인간의 마음은 우주처럼 무한대로 넓고 자비와 사랑으로 가득 차 있습니다. 다만, 인간 자신이 처해진 환경, 교육, 지식의 정도에 따라 살아가면서 마음의 위대함을 깨닫지 못하고 있는 것뿐입니다.

오늘날 인류는 물질주의 문명으로 치닫고 있습니다. 물질을 숭배하고 물질적 풍요를 최고의 가치로 여기며 살아가고 있습니다. 하지만 인간 본연의 마음은 그 물질의 가치를 뛰어넘는 위대한 것임을 알아야 합니다. 마음이 없는 물질문명은 곧 황폐해지고 말 것입니다. 진정한 풍요는 자비와 사랑의 마음이 근본이 되었을 때 창조되는 것임을 자각해야 합니다.

자비慈悲의 마음

자비의 마음이란 만물을 살리는 마음입니다.

그것은 우주의 태양이 지상의 모든 만물에게 차별 없이 빛과 열을 보내는 것과 같습니다. 태양은 그 누구도 차별하지 않고 그 어떤 대가도 없이 열과 빛을 보내주어 모든 생명을 살리고 있습니다. 이처럼 그 어떤 대가도 바라지 않고 그 누구도 차별하지 않으며 평등한 마음을 '자비慈悲'의 마음이라고 합니다.

자비와 사랑은 서로 다른 것이 아닙니다. 자비를 우주에서 지상으로 내려오는 태양빛처럼 종적인 마음이라고 한다면, 사랑은 지상의 모든 만물이 서로 나눌 수 있는 횡적인 마음이라고 할 수 있습니다. 그러나 본래 자비와 사랑은 구분할 수도 없고 따로 나눌 수도 없는 '하나의 마음'입니다.

'자비'와 '사랑'이라는 글자는 서로 달라도 그 안에 깃든 의미는 같습니다.

남을 살리고, 남을 돕고, 남을 위해 자기를 희생하는 마음, 남을 용서하고, 남을 위해 봉사하는 마음이 모두 자비와 사랑의 마음입니다. 그 부르는 이름을 '자비'라 하건 '사랑'이라 하건 소리만 다를 뿐 마음의 본체는 하나입니다.

자비의 마음을 가지고 살아간다는 것은 자기 자신을 살리고 남도 살리며 사는 것을 말합니다. 우주적 사랑을 실현하며 살아가는 것이 자비의 삶입니다. 인생을 살아가는 데 있어서 최고의 가치라 할 수 있는 것이 바로 우주적 사랑, 자비의 마음이라는 것을 깨달아야 합니다.

에너지 파장 공명의 법칙

우주는 에너지로 가득 차 있습니다. 우리 눈에는 보이지 않지만 우주에는 수많은 에너지가 존재하고 있습니다. 공기 속에는 산소, 질소, 이산화탄소 등이 있고 빛 속에도 다양한 색이 있으며, 물속에도 수소와 산소가 있습니다. 모든 물질 속에 있는 원자와 원자는 강한 결합으로 이루어져 있습니다.

이 모든 것은 에너지의 결합으로 이루어져 있고 에너지를 가진 상태입니다. 만약 그 어떤 에너지도 존재하지 않는다면 그 원자들이 서로 결합해서 제각기의 성질을 가지고 존재할 수 없습니다. 사람이나 식물, 동물도 마찬가지입니다. 수많은 세포가 만나서 우리의 육체를 이루고 있습니다.

인간의 육체는 약 60조 개의 세포로 이루어져 있는데

저마다 자기의 역할을 가지고 있습니다. 시신경세포는 시력을 유지하는 힘(에너지)을 가지고 있고, 후각을 담당하는 세포도 있습니다. 통증이나 추위와 더위를 느끼게 해주는 감각도 가지고 있습니다.

이 모든 세포들이 살아있기 때문에 우리가 보고, 듣고, 맛보고 느낄 수가 있는 것입니다. 이 세포들이 살아 있으므로 우리가 활동할 수 있는데 이것은 모두 에너지를 가지고 있기 때문입니다.

에너지는 다른 에너지와 만나 더 큰 힘을 발휘하기도 하고 그 반대로 힘을 잃어버릴 수도 있습니다. 사람도 마찬가지입니다. 좋은 에너지와 좋은 에너지가 만나면 더 크고 강한 에너지를 만들 수 있습니다. 인간에게는 육체뿐만 아니라 마음에도 힘이 있습니다.

사실 사람의 마음이 갖는 에너지가 물질적인 에너지보다 더 강력하고 위대합니다. 마음의 에너지야말로 진정한 힘이라고 할 수 있습니다. 마음속에서 일어나는 좋은 생각, 좋은 마음이 현실에서 필요한 새로운 것을 창조해 낼 수 있기 때문입니다. 만약, 마음속에 위대한 창조성이 없다면 현실 속에서 그 무엇도 창조할 수가 없습니다.

창조할 수 있는 힘 그 자체가 바로 마음의 에너지입니다.

우리는 살아가면서 끊임없이 무언가를 생각하고 그 것을 현실에 반영하며 새로운 것을 만들어 갑니다. 좋은 아이디어가 떠올라 좋은 상품을 만드는 것도, 훌륭한 예 술작품을 탄생시키는 것도 모두 마음속의 창조력 때문 입니다. 이때 얼마나 더 좋은 것, 더 훌륭하고 위대한 것 을 만들어 내는가는 마음의 힘이 어느 정도인가에 달려 있습니다.

그래서 좋은 생각, 좋은 마음을 가져야만 하는 것입니 다. 자기 자신의 마음속에 있는 부정적인 요소(미움, 분노, 절망, 슬픔, 불안, 신세한탄, 시기·질투 등)들을 모두 제거하고 긍정 적인 마음(이해, 용서, 사랑, 관용, 화합, 배려, 겸손, 존중 등)이 더욱 커지도록 한다면 마음의 에너지도 더 커지게 됩니다.

긍정적인 마음은 밝고 긍정적인 에너지를 만들고 이 에너지가 현실생활을 더욱 창조적·창의적으로 만드는 것입니다. 이것을 '에너지 파장 공명의 법칙'이라고 합 니다. 그리고 좋은 에너지는 다른 좋은 에너지를 불러일 으켜 더 큰 에너지로 상승효과를 가져오게 됩니다. 이를 두고 '유유상종類類相從'이라고도 합니다. 반대로 부정적 인 생각을 더 많이 하게 되면 부정적인 결과를 초래하게 되는 것도 같은 이치입니다.

　일상을 살아가다 보면 힘든 일, 괴롭고 슬픈 일에 직면하게 되는 경우가 수없이 많습니다. 하지만 그런 일을 겪을 때마다 '왜 그런 일을 겪게 된 것일까?', '그 원인은 무엇일까?' 스스로 깊이 생각해 봐야 합니다. 그 원인이 무엇인지 깨닫게 될 때까지 원인을 찾아야만 합니다.

　반드시 모든 일(결과)의 원인은 나 자신에게 있다는 대원칙을 가지고 원인을 추궁해야만 합니다. 왜냐하면 자신에게 벌어진 일, 자기가 당면한 일의 책임은 반드시 자기 자신이 져야 하기 때문입니다. 절대로 상대방을 탓하거나 원망하고 신세한탄을 해서는 안 됩니다.

　남의 실수, 남의 잘못 때문에 내가 부당하고 억울한 일을 겪게 되었다고 생각하면 상대방을 미워하고 증오할 수밖에 없습니다. 하지만 왜 내가 그 일을 경험할 수밖에 없었는가를 깊이 들여다보면 모든 원인이 자기 자신에게 있다는 것을 알게 됩니다.

　그래서 우리는 일생생활을 해 나갈 때 항상 좋은 생각, 좋은 마음을 가지고 생활해야만 합니다. 설사 힘들고 억울한 일이 생겼다고 하더라도 그 일에 대해 너무 깊이, 너무 오래 괴로워하지 말아야 합니다. 깊은 좌절과 고통, 크나큰 슬픔을 겪게 되더라도 그 속을 헤쳐 나갈 수 있다는 희망을 놓치지 말아야 하는 것도 그 때문입니다.

절대로 포기하지 않는 마음이 있다면 반드시 그 고난의 시간을 이겨낼 수 있는 길을 찾을 수 있습니다. 희망은 또 다른 희망을 가져오게 되고, 그 희망이 좋은 원인이 되어 언젠가는 반드시 좋은 결과를 가져오기 때문입니다. 이것은 절대로 변하지 않는 자연의 법칙이라는 것을 알아야 합니다.

희망, 용기, 사랑, 배려와 존중이 늘 마음속에 가득하다면 일상이 또한 그렇게 이루어집니다. 이것이 바로 에너지 파장공명의 법칙입니다.

원인과 결과의 법칙

세상에 우연이란 없습니다.
세상 모든 일이
원인과 결과의 법칙에 따라 나타났다가 사라집니다.

원인과 결과의 법칙을 모르기 때문에
우연이라고 말하는 것이고
원인이 무엇인지 모르기 때문에
우연이라 말하는 것입니다.

자기에게 일어난 모든 일은
자기 자신이 만들어낸 것이니
그 모든 일의 원인도
반드시 자기 안에 있다는 것을 알아야 합니다.

지상에 존재하는 모든 만물은
고정된 형체가 없다

존재하는 모든 것은 시간이 지남에 따라 변화하기 마련입니다.

자연계의 모든 생물과 인간은 정해진 수명이 있고 그 수명을 다 살고 나면 '죽음'을 맞이하게 됩니다. 사람들은 죽음을 두려워하고 죽음이 끝이라고 생각하지만 그것은 생명의 실상이 아닙니다. 인간의 참자기는 영혼이지 육체가 아닙니다.

육체는 인생이라는 여정을 살아가는 동안 영혼이 머무는 자동차나 배와 같습니다.

자신의 진짜 주인은 영혼이지 육체가 아니라는 것입니다. 육체가 자신의 전부라고 생각해서는 안 됩니다.

인간의 진짜 실체는 영혼이며 자신의 영혼이 자기의 참 나입니다.

육체가 자신의 전부가 아니라는 것을 알면 육체에 집착하지 말아야 하고, 물질계의 모든 것이 허상이라는 것을 알면 물질에 집착하지 말아야 합니다. 존재하는 모든 것은 영혼의 성장에 필요한 환경이기에 오직 감사하게 생각해야만 합니다.

대자연의 법칙에는
'나'라는 자아가 끼어들 수 없다

대자연은 원인과 결과의 법칙, 작용과 반작용의 법칙에 의해 순환하고 있습니다.

자연의 모든 만물이 그 법칙에 따라 움직이고 있습니다. 인간 또한 예외일 수는 없습니다. 사람은 태어나서 죽을 때까지 수많은 일을 계획하고 실천하며 살아갑니다. 하지만 그 모든 것이 다 이루어지지는 않습니다. 실패의 원인은 좋은 원인에서 시작한 것이 아니기 때문입니다.

무슨 일이든 좋은 원인으로 시작하면 반드시 좋은 결과로 이어지게 되어 있습니다. 이때의 '좋은 원인'이란 올바른 생각, 올바른 마음, 올바른 실천을 말합니다. 좋은 원인을 많이 만들면 좋은 결과를 맺게 되는 것이 바로 대자연의 법칙입니다. 이루어지지 않은 모든 것은 좋은 원인(올바른 생각, 올바른 마음, 올바른 실천)이 아니었기 때문이라는 것을 알아야 합니다.

　인간의 마음속에는 언제나 선과 악이 공존하고 있습니다.

선은 악을 통해 선의 소중함을 드러냅니다. 만약 어둠이 없다면 빛의 소중함을 깨닫지 못하는 것과 마찬가지입니다. 일상생활을 하는 중에도 항상 자신의 생각이 선과 악 중 어디에서 비롯된 것인지 스스로가 알아차려야 합니다.

하지만 욕심과 무지로 마음의 눈이 가려져 있으면 자신의 생각과 행동이 선인지 악인지 구분조차 하지 못하고 살아가게 됩니다. 그렇게 살아가다 보면 자기도 모르게 선에서 멀어지게 되는데 그것은 좋은 원인을 만들지 못하는 인생이라고 할 수 있습니다.

좋은 원인을 만들면서 살아가려면 먼저 마음의 욕심과 분노, 어리석음을 없애야만 합니다. 욕심과 분노, 어리석음은 결코 좋은 열매를 맺을 수가 없습니다. 좋은 원인을 만들기 위해서는 자기 마음속의 욕심, 분노, 어리석음을 바라보고, 그것의 원인은 무엇인지 찾아낸 다음 그것들을 없애야만 합니다.

마음속에 좋은 원인을 만든다는 것은 좋은 상념을 가진다는 뜻입니다. 좋은 생각이 곧 좋은 실천으로 이어지고 이로 인해 좋은 결과를 얻게 되는 것입니다. 좋은 생각으로 좋은 원인을 만들어가면서 하루하루를 소중하게 살아간다면 그것이야말로 가장 훌륭한 인생이라고 할 수 있습니다.

마음속에 있는 것들은 언젠가는
밖으로 드러나게 되어 있다

석가모니 부처의 가르침 중에는 '색심불이色心不二'라는 말이 있습니다. 그것은 곧 마음속에 들어 있는 것과 바깥에 있는 것이 다르지 않다는 뜻입니다. 여기서 색色은 물질(현상)을 의미하고 심心은 마음을 뜻합니다.

자기 마음속에 있는 것이 모두 바깥으로 드러나기 때문에 그 둘이 다르지 않다는 것입니다. 이 말은 현실을 좋게 하려면 밝고 긍정적인 생각·마음가짐을 갖고 살아가야 한다는 뜻입니다. 또한 현실의 환경을 밝고 깨끗하게 가꾼다면 마음 또한 밝아지기 마련입니다.

사람이 살아가면서 경험하게 되는 그 모든 것은 사실 자기 마음속에서 만들어낸 것입니다. 마음에서 나온 생각이 새로운 것을 창조해 내기 때문입니다. 마음속에는 보고 듣고 배운 것이 모두 저장되어 있습니다. 마음속에는 현세에서 배운 것뿐만 아니라 과거세에 배운 경험들까지 모두 저장되어 있습니다.

현세에서 배운 경험들은 즉각적으로 나타나기 마련이지만 과거세의 경험은 즉각적으로 나타나지는 않습니다. 하지만 모두가 나타나게 되어 있는 것은 사실입니다. 이것은 어떤 원인을 만드는가에 따라 어떤 결과로 이어지게 됩니다. 마음속에 저장되어 있는 잠재의식의 보고寶庫·지혜를 여는 것 또한 마찬가지입니다.

좋은 원인(생각)을 가지고 좋은 실천을 이어간다면 반드시 잠재의식에 저장된 지혜를 현실에 끌어내어 사용할 수가 있는 것입니다. 지혜의 보고는 잠재의식의 가장 깊은 곳에 저장되어 있습니다. 그 지혜의 보고를 열고 지혜를 사용하려면 상념대에 낀 먼지(스모그)를 닦아내야만 가능합니다.

상념대의 먼지를 제거하는 행위를 바로 '반성·참회·회개'라고 할 수 있습니다.

자신의 생각과 말, 행위에 잘못이 없는지 나날이 반성하여 잘못을 뉘우치게 되면 상념대에 낀 먼지가 닦여나가게 되는 것입니다. 상념대에 낀 먼지가 닦여나가 잠재의식과 표면의식이 서로 소통하게 되면 무한한 지혜가 용출됩니다.

　사람이 살아가는 일평생을 길게 보아 100년이라고 할 때 대부분의 사람들은 10%밖에 안 되는 표면의식으로 살아가고 있습니다. 90%를 차지하는 잠재의식의 지혜를 제대로 써보지도 못하고 일생을 마칩니다. 내면에 잠재된 무한지식·지혜를 꺼내 쓸 수 있다면 인생이 얼마나 더 풍요로울 수 있을지 한 번 생각해 보십시오.

　인생에서 경험하는 모든 것이 자신의 마음속에서 나온 것이라면 그 누구도 원망할 수가 없는 것이 그 이치입니다. 모든 것이 내 마음속에서 나온 것이니 바로 내가 모든 것의 '원인'인 것입니다. 그래서 절대로 상대방을 원망하고 탓해서는 안 되는 것입니다.

좋은 원인은 좋은 결과를 만든다

- 선인선과善因善果

좋은 생각은 좋은 결과를 낳게 되는데 좋지 않은 생각도 결국에는 좋은 생각으로 변화하고 발전하게 됩니다. 그 시간이 오래 걸리더라도 언젠가는 그렇게 되게 되어 있습니다. 각자의 시간이 서로 다르기 때문에 그것을 미처 깨닫지 못하는 것뿐입니다.

오랜 시간이 지나고 나면 결국에는 모두가 선한 결과로 이어지게 됩니다. 그러므로 보여지는 현상 그 자체를 두고 판단하거나 심판해서는 안 됩니다. 자기 자신이 할 수 있는 것은 오직 사랑의 마음으로 누군가를 돕는 것뿐입니다.

자기 자신이 좋은 씨앗을 뿌리는 것뿐입니다. 결과를 기대하지 말고, 도움을 줬다는 생각도 하지 말고 남을 도울 수 있을 때는 도와줘야 하는 것이 사랑의 실천이며 신리의 실천입니다.

이제 자기 자신이 할 수 있는 가장 좋은 생각을 하고, 자기 자신이 할 수 있는 가장 좋은 말, 가장 좋은 행위를 실천하십시오. 그리고 가능하면 남을 돕고, 남을 위해 기도하십시오. 그것이 인생을 가장 고귀하고 아름답게 살아가는 길임을 알아야 합니다.

인생은 허무한 것이 아니다

인생은 참으로 무상하다고들 합니다.

이때 '무상無常하다'는 것은 허무하다는 뜻이 아닙니다. '제행무상諸行無常'이라고 할 때의 '무상無常' 역시 허무하다는 의미가 아닙니다. '제행무상'이란 세상에 존재하는 모든 것은 시간이 지나감에 따라 형체가 변한다는 뜻입니다. 만물이 고정된 형체가 없다는 것이 바로 '무상'의 참뜻입니다.

현상계에 존재하는 모든 것은 색과 모양이 있는데 그것이 고정된 것이고 불변하는 것이라고 믿어서는 안 됩니다. 그 모든 것은 언젠가 색과 모양을 잃고 형체도 없이 사라지게 됩니다. 결국에는 모두 자연으로 돌아가게 되는데 인간 또한 마찬가지입니다. 인생의 짧은 시간 동안 '육체'라는 배를 빌려 살다가 때가 되면 육체는 자연으로 돌아가게 되고 영혼은 저세상(실재계)으로 돌아가게 됩니다.

　이 세상은 영혼의 수행을 위해 잠시 머무는 곳이지 영원히 거주하는 곳이 아닙니다. 모든 영혼의 실제 거주지는 '저세상'이라고 부르는 '실재계'라는 사실을 깨달아야 합니다. 인간의 참자기는 '영혼'이며 그것이 진짜의 자기 실체입니다. 그러므로 육체적인 만족이나 쾌락을 추구하며 살아서는 안 됩니다. 육체와 마음의 조화를 이루며 영혼의 성장을 위해 끊임없이 노력하는 삶의 태도가 필요한 것입니다.

　인간은 누구나 언젠가는 죽음을 맞이하게 됩니다. 지상에서의 삶을 다 살고 저세상(실재계)으로 돌아가야 할 때 마음이 얼마나 풍요로운가, 영혼이 얼마나 성장했는가에 따라 영혼의 주거지가 정해집니다.

　지상에서 마음이 풍요롭고, 만족하며 감사하는 마음을 가지고 산다면 저세상(실재계)에서도 풍요로운 삶을 살게 되는 것입니다.

　그것은 결코 물질적인 풍요를 의미하지 않습니다. 현상계에서의 물질적 풍요는 실재계에서는 전혀 중요하지

않습니다. 물질적인 재산은 지상에서 살아가는 동안 의
식주를 해결하는 데 필요할 뿐입니다. 저세상에서 가치
있는 것은 오직 풍요로운 마음, 아름다운 마음 그 자체
라는 것을 알아야 한다.

저세상으로 돌아갈 때는 아무것도 가지고 갈 수가 없
습니다. 재산이나 명예, 권력 등 그 어떤 것도 가져갈 수
가 없습니다. 자기가 가지고 갈 수 있는 것은 오직 자기
의 마음 하나밖에 없습니다. 그렇기 때문에 그 마음이
얼마나 행복한가, 그 마음이 얼마나 둥글고 풍요로운가
에 따라 저세상의 거주지가 정해지는 것입니다.

지금 이 순간, 자신의 마음이 얼마나 풍요로운지, 마
음속에 감사와 사랑의 마음이 얼마나 가득한지 돌아보
아야 하겠습니다.

형상形象에 사로잡히지 말아야 한다

형상形象은 마음에 있는 것이 바깥으로 드러나는 것입니다. 모양이나 색은 모두 그것을 만든 사람의 생각과 마음에서 나온 것이기 때문에 색심불이色心不二라고 합니다.

눈으로 볼 수 있는 모든 것은 모양이 있고 색이 있는데 이것은 단지 일시적인 현상일 뿐입니다. 눈에 보이는 모든 물질은 언젠가는 그 형체가 변하고 소멸하게 됩니다. 그러므로 물질이나 형상에 집착하지 말라는 것입니다. 그것은 있다가도 없어지는 것이니 영원한 것은 아무것도 없습니다.

형상形象을 보고 사람들은 '아름답다, 멋지다, 훌륭하다'라고 하는데 그 겉으로 드러나는 것의 이면을 볼 줄 알아야 합니다. 그 형상을 지은 사람, 그 형상을 드러낸 마음을 볼 줄 알아야 사물을 올바르게 볼 줄 아는 것입니다.

'올바르게 본다'는 것은 겉으로 드러나는 현상의 이면(내면)에 있는 마음까지도 볼 수 있고, 그 '현상'이라는 결과의 원인(마음)을 볼 수 있는 것을 말합니다. 그렇기 때문에 '형상에 사로잡히지 않는다'는 것은 곧 세상의 모든 현상을 올바르게 본다는 것을 의미합니다.

일상생활에서 실천하는 중도中道

우주의 만물은 저마다 타고난 성질이 있습니다. 강한 것과 약한 것, 저마다 그 성질이 다른데 인간 또한 마찬가지입니다. 강한 기질의 사람과 약한 기질의 사람이 있는데 강한 사람은 강한 성질을 죽이고 약한 사람은 약한 부분을 강하게 보강해야 합니다. 그것이 중도의 조화를 실천하는 삶입니다.

강한 것은 강한 대로 장점이 있고 약한 것은 약한 것대로 장점이 있지만 그것은 둘 다 중도中道가 아닙니다. 중도란 강한 것을 줄이고 약한 것을 보강한 중간의 상태를 말합니다. 자기가 타고난 기질 중에서 강한 것은 무엇이고 약한 것은 무엇인지 살펴보면 자기가 어떤 약점·결점을 가지고 있는지 알게 됩니다.

신체적으로나 정신적으로 타고난 약점과 결점을 다듬고 보완해서 발전해 가는 것이 바로 수행입니다.

자기의 결점과 약점을 알고 고쳐나가는 것은 모든 부분에 해당되는 것입니다. 말과 행동, 생각과 마음, 신체에 이르기까지 전부에 해당되는 문제임을 알고 이를 고쳐나가도록 해야 합니다.

결점이나 약점은 선천적으로 태어날 때부터 가지고 있는 것이 있고, 살아가면서 자신이 만들어 가는 것도 있습니다. 선천적 결점이든 후천적 결점이든 모두가 자신의 결점이므로 자기 자신만이 그 결점을 고칠 수 있습니다. 자기 스스로가 자신의 결점·약점을 깨닫지 못하면 고칠 기회조차 없기 때문에 스스로 자신의 마음과 생활을 점검하고 돌아보지 않을 수가 없는 것입니다.

자신의 결점이나 약점을 반드시 고치겠다고 마음먹고 노력하는 것이 곧 수행입니다. 수행이라는 것을 멀리 산사山寺나 기도원 같은 곳에 가서 해야 한다고 생각해서는 곤란합니다. 자기의 결점과 약점을 가장 잘 볼 수 있는 곳이 바로 자기 일상의 생활터전이기 때문입니다.

그러니 일생생활이 곧 수행이고 일상생활 공간이 곧 수행장입니다. 가정과 학교, 직장 등 다른 사람들과 함

께 하는 생활 속에서 자기의 결점이나 부족한 면을 깨닫
게 되고, 그로 인한 괴로움에서 벗어나고자 노력하게 되
는 것입니다.

3부

올바른 마음

조화 · 1

우주 만물은 제각기 타고난 본성이 있고
모든 만물은 서로 조화를 이루며 존재합니다.

사람도 마찬가지로 저마다 타고난 본성이 있고 개성
이 있습니다. 본성은 모두가 같은 한마음이고 개성은 저
마다 다른 성격입니다. 저마다 다른 성격을 조화시켜 가
면서 한데 어울려 살아가는 것이 바로 이상적인 사회,
이상적인 세계입니다.

인간은 누구나 꿈이 있고 이상세계를 지향합니다.
그것이 본래의 본성이기 때문입니다. 그 '이상'을 지
상에 실현시키고자 하는 것이 바로 인간의 본성입니다.
인간 본래의 '본성'을 현실에 살려나가도록 살아가는

것이 곧 이상세계의 실현인 것입니다. 서로 사랑하고 서로 조화를 이루면서 살아가는 것이 바로 이상세계를 구현하는 길입니다.

자기 자신만을 위한 이기심, 욕심, 투쟁의 마음을 버리고 나와 가족, 이웃, 사회, 국가, 세계 모두가 이로운 길을 찾아가야 합니다.

이것이 가장 이상적인 삶을 살아가는 방법입니다. 모든 사람들의 마음이 본래 하나라는 것을 알면 서로 싸울 일도 없고, 미워할 일도 없을 것입니다. 오직, 서로 돕고 사랑하며 살아가야 할 뿐입니다.

조화 · 2

삼라만상의 모든 만물들은 서로 조화를 이루며 살아가도록 짜여 있습니다. 잘난 것도 없고 모자란 것도 없습니다.

겉으로는 색과 모양이 아름답다 해도 속으로는 쭉정이인 것이 있고 겉으로는 보잘것없어 보여도 속이 알찬 것도 있습니다. 겉과 속이 서로 같은 것이 있는가 하면 겉과 속이 서로 다른 것도 있습니다.

이 모든 것들이 서로 어울려서 살아가도록 짜인 것이 대자연입니다. 그것들은 모두 제각기 쓰임새가 다르기 때문에 모양도, 색도, 맛도 다 다른 것입니다. 하물며 사람이라고 다른 것이 있을까요?

모두가 서로 어울려서 살고, 서로 돕고 살아가도록 짜인 것이 우주의 섭리임을 알아야 합니다.

진리

구름이 해와 달을 가려도 해와 달은 사라지지 않습
니다.

잠시 보이지 않을 뿐입니다.

진리도 이와 같이

결코 사라지지도 않고 변함이 없는 것입니다.

온 우주가 서로 맞물려 한 치의 오차도 없이 움직이고

만물이 서로 상생하도록 짜여 있는 것이 바로 진리입
니다.

그 누구도 막을 수 없는 것이 바로 진리입니다.

침묵

우리는 언제나 다른 사람과 소통하고 싶어 합니다. 그래서 말을 하게 되고 글을 쓰기도 합니다. 그중에 말로써 자기의 감정이나 생각을 표현하는 것이 대부분인데 그 말 때문에 소통을 하기보다는 서로 간의 감정을 상하게 하고 상처를 주는 일도 허다합니다.

그처럼 '말'은 유용하기도 하지만 상처를 주는 독이되기도 합니다. 한 번 내뱉은 말은 주워 담을 수도 없습니다. 그렇기 때문에 말을 할 때는 신중해야 합니다. 꼭 필요한 말이 아니라면 굳이 여러 말로 장황하게 설명할 필요도 없습니다. 게다가 남을 헐뜯는 말, 비난하고 음해하는 말은 절대 해서는 안 됩니다.

그 자리에 없는 사람을 비난하고 누군가를 이간시키는 말은 아주 중대한 죄업을 짓는 것입니다. 그래서 말을 해야 할 때는 정중하고 친절하게, 조용하고 부드럽게 해야만 합니다. 성내는 말, 욕이나 이간질하는 말은 곧바로 자기 자신에게 되돌아오게 됩니다.

누군가를 저주하는 말은 결국 자기 자신을 저주하는 것이라는 사실을 알아야 합니다. 말은 곧 생각의 표현이고 마음의 표현입니다. 사랑의 마음, 겸손한 마음이 있다면 그 사람의 말 또한 사랑과 겸손의 말이 될 것입니다. 그런 말이라면 서로를 이해하고 위로하며 진정한 소통을 만들어 가는 소중한 말이 될 것입니다. 그 이외의 말은 무슨 의미가 있을까요?

사랑과 이해를 위한 아름다운 말이 아니라면 침묵해야 합니다.

침묵은 또 하나의 사랑의 표현이기도 합니다. 사랑의 마음은 말이 없어도 전달되기 때문입니다. 누군가를 사랑한다면 침묵해 보십시오. 그 상대방은 말하지 않아도 당신의 사랑을 진심으로 느낄 수 있습니다. 지금 당장 그것을 깨닫지 못하더라도 언젠가는 당신의 침묵이 얼마나 깊은 사랑의 표현이었는지 분명히 깨닫게 될 것입니다.

그때의 '침묵'은 말로 전하는 사랑보다 몇 배나 더 깊고 큰 감동과 울림을 줄 것이 분명합니다. 사랑한다면 깊은 침묵의 시간을 가져보시길 권합니다. 또한 사랑을 찾고자 한다면 오래 침묵해 보길 권해드립니다.

침묵은 고요와 마찬가지로 사랑을 찾는 중요한 열쇠가 됩니다.

잘 들어 주는 사람

잘 듣는 사람은 마음을 다치지 않습니다.

모든 사람의 마음을 다 헤아려 줄 수는 없지만 모든 사람의 말을 들어 줄 수는 있습니다. '잘 들어 주는 사람'의 자세를 배워야 합니다.

우리는 언제나 사랑에 대해 이야기합니다.

그 사랑이란 상대의 말을 들어 주는 것에서부터 시작합니다. 나의 말을 상대에게 하기보다는 상대방의 말을 들어 주는 것이 사랑의 시작입니다. 그것은 상대방의 마음을 이해하기 위한 과정이며 '사랑'에 다가가기 위한 맨 처음의 절차라고 할 수 있습니다.

그것은 사랑하기 때문에 자신을 먼저 이해해 달라고 요구해서는 안 된다는 것을 의미합니다. 사랑하는 대상으로부터 사랑받기 위해 애쓰는 것이 아니라 사랑하는 그 사람의 말을 먼저 들어 주는 것이 진짜 사랑의 모습이라고 할 수 있습니다.

자신은 상대방의 말을 얼마나 잘 들어 주는지, 그 마음을 얼마나 잘 이해하고 있는지 돌아본다면 자신은 또 상대방에게 사랑의 마음을 얼마나 잘 표현하고 있는지도 알게 됩니다. 우주의 본질은 사랑입니다. 우리의 본질은 사랑입니다.

사랑한다면 잘 들어 주십시오.

사람은 결코 혼자서는 살아갈 수 없다

한 사람이 세상에 태어나 인생을 살아가는 동안 수많은 사람들을 만나고, 수많은 사람들의 도움을 받고 상호 협조를 통해 살아가게 됩니다. 때로는 누군가로부터 상처를 받기도 하고 속임을 당하거나 배신을 당하기도 합니다.

그러한 상처나 속임수, 배신조차도 자신을 성장시켜 주는 하나의 과정이라고 볼 수 있습니다. 그것 또한 자기 자신이 원인이었다는 것을 깨닫게 된다면 그 모든 것이 자신을 한 차원 더 성숙시켜 가기 위한 과정이었다는 것을 이해하게 됩니다.

인간은 누구나 살아가는 과정 속에서 슬픔과 고통의 시련을 겪게 됩니다. 고통이나 시련이 없다면 결코 행복이나 만족을 깨닫지 못하기 때문입니다. 인간의 욕심·

욕망이 그 끝을 모르고 치솟게 되는 것을 막아주는 것이
바로 실패와 시련의 고통입니다.

좋은 생각과 올바른 실천이 지속되었을 때는 누구나
다 꿈과 이상, 목표를 실현할 수 있음에도 불구하고 욕
심이 지나쳐서 일을 그르치고 마는 경우가 많습니다. 그
것 역시 자신의 성장에서 겪게 되는 배움의 과정입니다.

자신이 얼마나 어리석은지 깨닫게 되는 것도 실패와
좌절의 경험을 하기 때문입니다. 단 한 번의 실패나 고
통도 겪어보지 못한 사람이 행복에 대해 얼마나 감사할
수 있을까요?

평범한 일상에도 감사하고 만족하는 가운데 보다 더
나은 삶을 위해 노력하는 것이 인생을 성공으로 이끄는
비결입니다.

그 어떤 성취도 대가 없이 얻어질 수 없는 것이며 보
다 값진 성취를 얻기 위해서는 그에 상응하는 노력이 필
요한 법입니다.

더 나은 삶을 원한다면 더 많은 실천이 필요할 뿐입니
다. 그 실천의 과정 속에서 우리는 수많은 사람들과 함
께 공부하고 일하게 됩니다. 다른 사람들과 함께 살아가

면서 지식을 배우고 경험을 통해 또 배우는 것입니다. 다른 사람들이 없다면 그 어떤 것도 경험할 수 없고, 그 어떤 것도 배울 수가 없습니다.

모든 사람들이 서로가 서로에게 배움의 계기를 만들어 주기 때문에 서로가 서로에게 스승이 되어주고 조력자가 되어주는 것입니다. 만약 '상대방'이라고 하는 그 누군가가 없다고 한다면 인간은 결코 그 무엇도 배울 수가 없는 것입니다.

타인의 모습을 통해 자기 자신의 모습을 볼 수 있고, 서로 부족한 부분을 채워 주기 때문에 사회가 조화를 이루며 발전해 갈 수 있는 것입니다. 각자가 타고난 기질·재능이 다 다르기 때문에 자기가 하지 못하는 일을 누군가가 해주고 상대방의 부족한 부분을 내가 채워주며 살아가는 것입니다.

이것을 두고 상호협력·상호보완의 관계라고 합니다. 인생을 살아가면서 서로 돕고 서로 보완하며 살아가야겠다는 마음을 가지고 있다면 다소간의 불편함도 참고 견딜 수 있고, 나 자신의 이익이나 편리만을 주장하지 않을 것입니다.

왜냐하면 상대방이나 주위의 사람들이 잘되는 일이 결국에는 자기 자신에게 이로운 것이기 때문입니다. 금

방 보기에는 상대방이 잘되는 것이 나에게 손해가 된다고 생각될 수도 있지만 결코 그렇지 않습니다. 상대방이나 내 주위가 조화롭게 발전한다면 나 역시 조화롭게 발전할 수 있기 때문입니다.

주위가 밝아지면 나 역시 밝아지고, 내가 밝아지면 주위도 밝아지는 법입니다. 그렇기 때문에 항상 상대방, 주위 사람들이 잘되기를 빌어주고 모두가 조화롭게 살아가기를 바라는 마음을 가져야 하겠습니다.

저마다 성장의 속도가 다르다

우주 만물은 저마다 성장의 속도가 다릅니다. 동물, 식물, 사람은 저마다 수명이 다르고 성장하는 속도가 다릅니다. 그것은 각자의 삶의 방식이 다르고 역할이 다르기 때문입니다.

모든 생명에는 영혼이 깃들어 있습니다. 영혼의 성장 수준 또한 다르기 때문에 그 역할 또한 다른 것입니다. 저마다 자기의 수준, 환경, 역할에 따라서 자기의 사명을 다하고 있는 것입니다.

사람도 저마다 그 성장의 수준이 다르기 마련입니다. 그렇기 때문에 서로 비교할 수가 없습니다. 서로의 역할과 사명이 다르기 때문에 서로 존중하고 협력해야만이 조화롭게 살아갈 수가 있습니다.

모두가 똑같이 성장하고 발전한다고 가정한다면 모

두가 똑같은 일을 해야 하고 모두가 똑같은 대접을 받아야 하지 않겠습니까? 그렇게 된다면 서로 협력하고 발전하기보다는 정체된 상황에 머물러서 오히려 퇴보할 수가 있습니다.

사람은 제각기 타고난 환경이 다르고 가지고 있는 재능도 다릅니다.

어떤 사람은 수리數理를 잘하고 어떤 사람은 문리文理에 뛰어난 재능이 있고, 어떤 사람은 음악과 미술에 재능이 있듯이 제각기 다른 개성과 능력을 가지고 살아가는 것입니다.

저마다의 재능을 계발해 나가는 동시에 다른 사람들과 협력하고 조화를 이뤄나가는 것이 가장 이상적인 사회라고 할 수 있습니다. 나 혼자만 잘한다고 해서 잘 살수 있는 것이 아닙니다.

자기가 가진 재능을 살려서 주위와 협력하고 조화롭게 살아가는 것이 무엇보다도 아름답고 가치 있는 인생이라는 것을 잊지 말아야 하겠습니다.

행동하는 양심良心

'양심良心' 이란 마음속에 있는 올바른 마음을 말합니다. 마음속에 옳고 그름을 구분하는 잣대가 있어서 우리는 그 잣대를 중심으로 살아가는 것입니다. 그러나 많은 사람들이 양심은 양심대로 따로 두고, 행동은 행동대로 따로 하면서 살아갑니다. 또한 말은 바르게 하면서도 행동은 말과 다르게 하는 경우도 많습니다.

올바른 말을 하고 그 말과 행동이 일치하는 사람을 양심에 따라 사는 사람이라고 합니다. 물론 '말과 행동이 일치하는 사람' 중에는 욕심과 어리석음으로 인해 올바른 생각, 올바른 판단을 하지 못하여 함부로 말하고 제멋대로 행동하는 사람이 있습니다. 하지만 여기서는 올바른 마음과 행동에 대해서만 이야기하기로 합니다.

오늘날의 세상에는 물질적인 풍요를 최고의 가치로

여기고 사는 사람들이 아주 많습니다. 물질적으로 많은 것을 누리고 사는 사람을 성공한 사람이라고 하는 것도 그 때문입니다. 하지만 인생을 성공적으로 살았다고 하는 것은 결코 물질적 성공만으로는 평가할 수가 없습니다.

마음이 얼마나 풍요로운가, 마음속에 사랑의 마음이 얼마나 있는가 하는 것이 한 사람의 인생을 평가하는 데 더욱 중요한 가치를 지닙니다.

불의不義를 보고 뛰어드는 사람, 위험에 처한 사람을 구하기 위해 자신의 목숨을 희생하는 사람들은 모두 양심에 따라 행동하는 사람들입니다.

이들은 위대한 영혼의 소유자라고 할 수 있습니다. 그러나 사실 모든 사람들이 본래 위대한 영혼을 가지고 있습니다. 모든 영혼은 본래 위대한 영혼입니다. 다만 자신이 그것을 깨닫지 못하고 있을 뿐입니다.

인간의 마음속에는 언제나 선과 악이 공존하고 있습니다. 우리가 어떤 생각을 하느냐에 따라 선한 마음이 작용할 수도 있고 악한 마음이 작용할 수 있습니다. 그래서 언제나 좋은 생각, 좋은 마음이 작용할 수 있도록

'올바른 마음'에 기준을 두고 살아야 하는 것입니다.

올바른 마음으로 살아가겠다는 생각이 확고할 때 올바른 실천이 따르게 됩니다. 올바른 실천은 좋은 원인이 되어 반드시 좋은 결과를 가져오게 됩니다. 이것이 바로 원인과 결과의 법칙입니다.

날마다 올바른 마음으로 실천하기를 망설이지 마십시오.

소중한 것을 잘 지켜가는 삶

자기에게 가장 소중한 것이 무엇인지를 깨닫고, 그것을 온전하게 지켜가는 인생을 살아야 합니다. 자기 자신에게 가장 소중한 것이 무엇입니까?

자기 자신의 꿈, 희망, 가족, 일, 친구 등 나름대로 소중한 것이 너무나도 많습니다. 그 모든 소중한 것 가운데 가장 소중한 것을 꼽으라고 한다면 그것은 무엇이겠습니까?

그것은 바로 자기 자신의 올바른 마음이 아닐까요? 자기 자신의 가장 귀한 것은 바로 자기의 마음이 아니겠습니까? 자기 내면의 신성한 마음, 사랑의 마음이야말로 가장 귀하고 보배로운 것입니다.

그 마음을 잃어버리면 사랑하는 가족도, 친구도, 일도, 이 세상도 모두 잃어버리는 것이나 다름없습니다.

자기 자신의 모든 것이 담겨져 있는 것이 바로 자기의 마음이 아닙니까? 그 모든 것을 사랑하고 창조할 수 있는 것이 바로 자기 자신의 마음입니다. 따뜻하고 온화하며 기쁨이 가득한 마음, 그 마음이 가장 귀한 자기 자신의 보배임을 알아야 합니다.

행복

산에 오르기로 했다면 먼저
산에 오르는 길을 정확하게 알아야 합니다.

산에 오르는 길을 정확하게 알았으면
자기 체력에 맞는 속도로 산에 올라가야 합니다.

좀 더 빨리 정상에 오르고 싶다고 숨 가쁘게 달려가다
가는
끝까지 오르지도 못하고
부상을 당하거나 중도에 주저앉아 버릴 수 있습니다.

인생의 행복도 마찬가지입니다.

무엇보다도 먼저 행복에 도달하는 올바른 길을 알아
야 합니다.

양심을 어기고 남을 해치는 방법으로는
결코 행복에 도달할 수가 없습니다.

남들보다 먼저 행복해지려고 급하게 서두르다가는
오히려 행복을 놓쳐 버리는 수도 있습니다.

천천히, 자기 힘에 맞게
올바른 길로만 간다면
누구나, 모두가 다 행복의 정상에 도달할 수 있습니다.

얼마나 가치 있게 사는가가
더 중요하다

인간의 의식이 발전함에 따라 삶의 가치도 발전해 가고 있습니다. 삶의 가치가 발전한다는 것은 단순히 의·식·주의 문제를 해결하기 위해 살아가는 것 이상으로 가치 있는 것에 대해 생각하고 살아간다는 것입니다.

인간은 누구나 다 마음의 생각이나 가치를 실현하고자 하는 이상을 품고 살아갑니다. 저마다 인생의 이상·꿈을 가지고 살아가며 그 꿈을 실현하고자 노력합니다. 만약 단순히 먹고 살기 위해서만 생활해 간다면 인류가 지금처럼 발전해 올 수는 없었을 것입니다.

끊임없이 인류문명이 발전해 올 수 있었던 그 원동력이 바로 인간의 이상과 꿈이었습니다. 그 이상·꿈을 실현하고자 하는 노력이 바로 지금의 인류문명을 만들어 온 것입니다.

이러한 이상과 꿈은 어디에서 비롯된 것입니까? 그것은 바로 '마음'입니다. 마음속에서 생성된 이상·꿈이 생각을 고양시키고 의지를 갖게 해서 행동으로 실천하게 되는 것입니다. 이 마음의 힘이 곧 실천하는 힘이라고 할 수 있습니다.

만약 어떤 사람이 생각은 많은데 실천을 제대로 하지 못한다면 그 사람을 두고 '실천력이 부족하다'고 합니다. 곧 의지력이 부족한 사람이기도 합니다. 이러한 실천력이나 의지력이 부족한 원인은 마음의 힘이 약하기 때문입니다.

마음은 본능, 지성, 이성, 감정, 상념의 영역으로 나눠 볼 수 있는데, 이 다섯 영역이 서로 조화를 이뤄야만 의지력이 생기고 실천으로 이어지게 되는 것입니다.

본능이 지나치게 되면 식욕이나 수면욕, 성욕 등에 지배당하기 쉽고, 감정이 지나치게 부풀어 오르면 이성적인 판단을 할 수가 없습니다. 또 이성이나 지성의 영역이 크게 되면 이성과 지식에 대한 과신이나 맹신에 빠져 감정이 메말라 버릴 수도 있습니다.

생각(상념)이 많은 사람은 실천을 하지 않고 생각에만

빠져 있기도 하고 경우에 따라서는 망상에 빠져 살아가기도 합니다. 이처럼 어느 한쪽의 마음 영역이 크게 부풀어 오르다 보면 한쪽으로 치우쳐 마음의 균형을 잃어버릴 수 있습니다.

마음이 어느 한쪽으로 치우치지 않도록 균형을 잘 잡고 살아갈 때 인생의 가치를 보다 깊이 이해하며 살아갈 수 있습니다. 자기 마음이 어느 한쪽으로 더 많이 치우쳐 있지는 않은지 마음을 돌아보며 하루하루를 살아갈 때, 보다 성숙한 마음을 가질 수 있습니다.

인생을 풍요롭게 살아간다는 것은 보다 성숙한 마음으로 살아가는 것을 의미합니다. 자기 존재의 의미를 생각해 보면서 참다운 인생의 가치(사랑과 봉사)를 실현해 나가는 삶이야말로 가장 인간다운 삶, 가장 가치 있는 인생이라고 할 수 있습니다.

4부

무한한 사랑

자연과 사람은 한 몸이다

사람이 일평생을 살아가는 데 필요한 모든 것은 자연에서 얻습니다.

그리고 사람은 언젠가는 자연으로 돌아갑니다.

사람도 자연의 일부이기 때문입니다.

그런데 사람들은 자연과 한 몸으로 살아가는 이치를 모르고 자연을 함부로 파괴하고 오염시킵니다.

자연과 사람이 한 몸이라는 것을 알아야 합니다.

자연은 인간들에게 먹을 것을 주고 쉴 곳을 줍니다.

햇빛과 물, 공기, 흙 중에 그 어느 하나가 없어도

인간은 살아갈 수가 없습니다.

당장 공기가 없으면 숨을 쉴 수조차 없습니다.

그런데 어찌해서 인간은 그 모든 것의 고마움을 모르고 제멋대로 쓰고, 제멋대로 버리고, 오염시키는지 스스로 반성해야만 합니다.

자연에 대한 고마움을 안다면 자연을 파괴하는 행위를 함부로 해서는 안 될 것이며 자연을 잘 보존하고 가꾸는 데 더욱 힘써야 할 것입니다.

대자연의 '순환의 법칙' 과 '윤회'

대자연은 우주 삼라만상의 모든 법칙을 보여주는 거울이라고 할 수 있습니다.

공기의 순환, 물의 순환은 인간 영혼의 윤회를 보여주는 자연의 법칙이라고 할 수 있습니다. 인간의 영혼은 불멸하며, 항상 일정한 규칙을 가지고 저 세상과 이 세상을 윤회하도록 짜여 있습니다. 물이 기체(수증기), 액체(물), 고체(얼음)의 형태로 바뀌면서 순환하더라도 물 본래의 성질(H_2O)은 변하지 않습니다.

인간의 영혼도 마찬가지입니다. 인간의 영혼은 삼세(과거세, 현세, 내세)의 경험을 모두 잠재의식에 저장하고 있습니다. 그래서 잠재의식을 인간의식의 '지혜의 저장고'라고 부르는 것입니다. 인간 또한 자연의 일부이기 때문에 물의 순환과 마찬가지로 윤회하고 있다는 것을 알아야 합니다.

인간의 영혼은 끊임없이 성장을 위해 태어나고 죽는 것을 반복합니다. 그것은 한 번 태어날 때마다 성장만 하는 것이 아니라 죄를 짓고 퇴보하는 경우가 많기 때문입니다. 저세상에서 이 세상으로 태어날 때는 '이번 생애에서는 반드시 이런 결점을 고치도록 하겠다'고 굳게 결심하고 태어나지만 지상에 태어나는 그 순간부터는 모든 것을 잊어버리고 살아가게 되어 있습니다.

살아가면서 스스로의 결점이 무엇인지 차츰 깨닫도록 짜여 있기 때문에 스스로 자신의 결점을 발견하고, 그 원인이 무엇인지를 찾아서 결점을 고쳐나가야만 합니다.

자기 자신이 깨닫고 고치지 않으면 안 되는 것이 인생의 중요한 법칙이며 깨달음이기도 합니다. 이렇게 단순한 원리가 바로 진리의 법칙입니다.

자연은 말없이 순환하면서 인간에게 '순환의 법칙'을 가르쳐 주고 있지만 인간은 그것을 미처 깨닫지도 못한 채 한 생을 허비하고 마는 것입니다. 자연은 말없이 우주의 신비를 간직하고 있으며 우주의 법칙에 따라 순행하고 있습니다. 인간 또한 말없는 자연의 겸허함과 침묵을 보며 한없는 자비와 사랑의 마음을 배워야 합니다.

아무런 대가도 바라지 않고 인간에게 무한하게 베푸는 것이 바로 대자연의 자비요 사랑입니다. 인간은 그것을 깨닫지 못하기에 무자비하게 자연을 파헤치고 함부로 남용하며 살아가는 것입니다.

자연은 왜 이렇게 인간에게 무한한 자원을 무상으로 나누는 것일까요?

그것은 신의 자비와 사랑을 보여주기 위해서입니다. 신의 섭리를 따르며 신의 섭리를 보여주기 위해서입니다. 누군가를 위해 도움의 손길을 내밀 때는 그 어떤 대가나 보상을 바라지 않고 자비와 사랑의 마음으로 도와야 함을 대자연은 가르쳐 주고 있는 것입니다. 말 없는 가르침! 그것이 바로 대자연의 신비라고 할 수 있습니다.

절대로 자살해서는 안 되는 이유

대자연은 말이 없습니다. 말이 없는 가운데 스스로 운행의 법칙에 따라 움직이고 있습니다. 대자연의 운행 법칙은 우주의 법칙입니다. 이것을 두고 '신리神理', 또는 '법法'이라고 합니다. 대자연이 불변의 법칙을 가지고 움직이고 있기 때문에 인류가 살아갈 수 있는 것입니다. 지상의 모든 동물, 식물이 이 대자연의 법칙에 따라 움직이고 있고, 인간 또한 자연의 일부이기에 법칙에 따라 살아가는 것입니다.

대자연의 모든 생명은 순환하고 있습니다. 이것을 '순환의 법칙'이라고 합니다. 물과 공기를 예로 들 수 있습니다. 물은 기체(수증기), 액체(물), 고체(얼음)로 순환하며 공기는 더운 공기와 찬 공기가 순환합니다. 물과 공기가 스스로 순환하는 그 힘이 바로 대자연의 힘이며 이를 자연의 법칙이라고 하는 것입니다.

이러한 자연의 법칙 속에서 살아가는 인간 또한 순환하도록 짜여져 있습니다. 이를 두고 '윤회'라고 합니다. 인간의 영혼은 육체라는 옷을 입고 지상에 태어납니다. 육체의 옷을 입은 영혼은 육체가 자기의 전부라고 생각하며 인생을 살아가게 됩니다. 그러다가 인생의 희로애락을 경험하면서 인생에 대한 의문을 가지게 되는 것입니다.

사람은 왜 태어나는가?

사람은 왜 병이 들고, 왜 고통을 겪으며 결국에는 늙어서 죽게 되는가?

이러한 의문을 가지게 되면서 '마음'에 대해 생각하게 됩니다. 이 마음이야말로 자기 자신의 참모습이라는 것을 깨닫게 되기까지 인생에서 많은 경험을 하게 됩니다. 결국 이 마음의 참모습, 영혼에 대해 깨닫게 되었을 때에야 비로소 인생의 진정한 의미와 가치에 대해 이해하고 살아가게 됩니다.

사람은 저마다 다른 환경에서 태어나 저마다 다른 교

육을 받고 있는 것 같지만 인류가 경험하는 그 모든 현상의 본질은 같다고 할 수 있습니다. 그것은 바로 모두가 희로애락을 겪고 영혼의 성장을 위해 살아간다는 것입니다. 그리고 마침내 '죽음'이라는 인생의 마지막 순간이 오게 되면 '육체'를 버리고 '영혼'만이 저세상·실재계로 돌아가게 됩니다.

여기서 말하는 '실재계'가 바로 영혼이 머무는 세계입니다. 영혼이 '진정한 자기(참나)'이기 때문에 저세상·실재계가 바로 자기의 고향인 것입니다. 지구라는 현상계(물질계)는 영혼의 성장을 위해 머무는 수행의 장소라고 할 수 있습니다. 그러므로 지상에서 살아가는 모든 경험이 수행이라고 할 수 있는 것입니다.

곧, 우리는 영혼의 성장·수행을 위해 이 세상에 태어나는 것입니다. 이번 생애에서 무엇을 배우고 얼마나 성장하는가는 개개인의 노력 정도에 따라 다릅니다. 경우에 따라서는 실패할 수도 있습니다. 그러나 영혼은 단 한 번의 인생만 사는 것이 아니기 때문에 크게 좌절할 일은 아닙니다.

중요한 것은 소중한 인생의 기회를 함부로 허비해서는 안 된다는 것입니다. 그리고 만약, 인생의 수행에서 스스로 생을 포기하는 경우에는 엄청난 반작용이 있다는 것도 알아야 합니다. 아무리 힘든 일, 어려운 일, 큰 고통을 겪더라도 스스로 자기의 생명(삶)을 포기해서는 안 됩니다.

그것은 인간으로서 지을 수 있는 죄 중에 가장 큰 죄에 해당되는 것입니다. 모든 일에는 작용과 반작용의 법칙이 적용되는데, '자살'이라는 선택이 가져오는 반작용은 상상하기조차 힘들 정도로 끔찍한 고통과 괴로움이라는 사실을 분명히 알아야 합니다.

그러므로 그 어떤 경우에라도 스스로 생명을 포기해서는 안 되는 것입니다. 영혼이 윤회한다고 하니 자칫 '이번 생애는 이미 틀렸어, 다음 생애에 더 잘하지!' 하는 어리석은 생각을 한다면 그것은 큰 오산입니다.

'자살'이라는 극단의 선택을 하게 되는 순간, 그 영혼은 지옥과 맞닿게 됩니다. 그런 경우에는 곧바로 지옥으로 떨어져 극심한 고통을 겪게 되는 것입니다. 살아가는 동안 느끼는 고통의 수천 배, 수만 배 되는 고통 속에서 후회하며 참회해도 소용이 없습니다. 그러므로 어떤 경우에도 '자살'이라는 극단적 선택을 해서는 안 되겠습니다.

인생의 소중한 시간을 어떻게 살아가는 것이 자신의 영혼을 성장시킬 수 있는 길일까요?

그것은 올바른 마음의 법을 따라 살면서 자신이 처한 어려움을 하나씩 극복해 나가는 길뿐입니다. 자기가 처한 환경의 어려움을 이겨낼 때 인간의 마음은 풍요로워지고 한층 더 빛나는 마음을 가지고 살 수 있게 됩니다. 이것을 두고 영혼의 성장 과정을 훌륭하게 경험했다고 할 수 있습니다.

대자연大自然에 대한 감사와 보은

우주 법계 삼라만상은 모두 사랑에 의해 창조된 것입니다.

사랑이 아니라면 이렇게 무한한 태양빛과 자연의 혜택이 무상으로 주어질 수 있겠습니까? 부모가 사랑하는 자식을 위해 무한한 사랑을 베풀듯이 대자연은 인류에게 무한한 사랑으로 베풀고 있습니다. 하지만 자식이 부모의 사랑을 당연한 것으로만 여기고 감사할 줄 모르는 것과 마찬가지로 인간은 대자연에게 감사함을 모르고 당연한 권리로만 생각하고 살아갑니다. 더욱이 무자비하게 자연을 파괴하기까지 합니다.

인류는 이제 깨어나고 반성해야만 합니다. 인간이 얼마나 지구의 자연을 심각하게 훼손해 왔는지 돌아보고 자성해야만 합니다. 그리고 더 이상 지구 환경을 훼손하지 않도록 대비책을 강구하고 삶의 태도와 방식을 바꾸어야만 합니다. 이제 더 이상 미룰 수가 없는 심각한 지경에 이르렀습니다.

인간을 위해 무한한 자비와 사랑을 베푸는 대자연이지만 인간이 그 고마움을 모르고 마구 파헤친 결과가 어떠한지는 이미 여실히 드러나고 있습니다.

이미 지구 곳곳에서 심각한 자연 재해가 일어나고 있으며 지구온난화 또한 심각한 상태입니다. 이제 아무리 큰 경각심을 가진다고 해도 지나치다고 할 수가 없습니다. 이미 심각한 상태에 도달했기 때문입니다.

태초에 인간은 아무것도 없는 지구환경에서 시작하여 오늘날에 이르는 물질문명·과학문명을 이루게 되었습니다. 그러한 과정에서 인류는 지성주의·물질주의에 빠져 스스로 오만함을 가지게 되었습니다. 인간만이 지구의 최고 상위 존재라고 여기며 자연을 무자비하게 파괴하기 시작한 것입니다. 이제 더 이상 그러한 무자비함은 대자연도 용납할 수 없는 지경에 이르렀습니다.

대자연에는 '작용과 반작용'의 법칙이 있습니다. 인간이 대자연에게 무자비하게 했다면 그에 따른 반작용

또한 '무자비함'으로 되돌아올 것입니다. '무자비함'이
란 관용이 없다는 뜻입니다. 어찌하여 인간은 그토록 대
자연에게 고마움을 모르고 무자비하게 구는 것일까요?
그것은 사랑의 마음을 잃어버렸기 때문입니다.

사랑의 마음을 가진 인류라면 대자연에 대한 감사함
을 '보은報恩'의 마음으로 대했을 것입니다. 따뜻한 햇볕
과 시원한 바람, 모든 생명을 살리는 물과 흙에 대한 고
마움, 식물과 동물을 비롯한 대자연의 모든 환경에 대해
감사하고 보은의 마음을 가지고 살아왔다면 지구는 오
늘날의 처참한 지경에 이르지는 않았을 것입니다.

이제라도 인류는 지금까지 대자연에게 행한 무자비
한 파괴행위를 멈춰야 합니다. 그리고 더 이상 파괴가
아니라 보호하고 사랑해야만 합니다. 인간이 살아가기
위해서라도 이제 더 이상 자연을 파괴하는 행위를 멈춰
야만 하는 것입니다.

인간과 대자연은 둘이 아니라 '하나'라는 사실을 알
아야 합니다. 인간도 대자연의 일부이며 자연에서 와서
자연으로 돌아가기 때문입니다.

우주의 신리神理

　우주의 신리神理, 정법 신리正法神理는 오직 '사랑' 그 자체입니다.

　모든 것이 사랑에서 나오며, 모든 것이 '사랑' 그 자체입니다.

　하느님은 오직 한 분이시고,
　우주의 모든 만물은 그분께서 창조하신 것입니다.

　눈에 보이는 모든 것이 사랑의 창조물임을 알아야 합니다.

　사람과 자연, 지상의 모든 만물이 사랑의 현상이며 작용이라는 것을 알아야 합니다.

우주와 나

우리가 사는 지구를 포함한 태양계가 속하는 은하계에는 약 천억 개의 항성과 그것에 딸린 혹성이 존재한다고 합니다. 그 속에서 '나'라는 하나의 개체는 아주 작고 보잘것없는 존재처럼 보입니다. 하지만 '우주즉아宇宙卽我'라는 말이 있는 것은 '내가 곧 우주'라는 말입니다.

인간의 생명, 의식 속에는 우주가 다 들어 있기 때문입니다. 인간의 마음도 우주처럼 끝이 없는 무한대입니다. 인간의 마음속에는 우주의 그 모든 것이 들어 있기 때문에 '우주즉아'라고 하는 것입니다.

존재하는 모든 것은 인간의 마음속에 있던 것들이 바깥으로 드러난 것입니다. 생각과 마음속에 있는 것이 현실세계로 드러나는 것입니다. 그래서 색심불이色心不二라고 하는 것입니다. 그렇다면 당신의 마음과 당신의 주위를 둘러보세요. 당신의 주위를 둘러보면 당신의 마음, 당신의 의식세계를 알게 될 것입니다.

당신의 우주 속에는 무한한 꿈과 희망, 용기, 사랑이 가득합니다. 또한 미움, 분노, 슬픔, 원한도 가득합니다. 우주 속에서 당신이 무엇을 원하고 있는지 생각해 보세요. 당신이 생각한 것, 당신이 원한 것만이 당신의 삶 속에서 그 모습을 드러내게 됩니다.

아름다운 것, 고귀한 것, 꿈과 희망, 용기와 사랑의 마음을 선택하십시오.

당신은 그것을 스스로 선택할 권리가 있습니다. 당신은 당신 인생의 주인이고 왕±입니다. 당신 스스로가 주권자입니다. 그 누구도 당신의 인생을 대신 살아 줄 수 없습니다. 오직 당신 자신만이 자기 인생을 책임지고 선택할 수 있습니다.

신은 인간에게 무한한 창조성과 선택의 권리를 부여해 주었습니다. 당신이 무엇을 창조하고 당신이 무엇을 선택할지는 오직 당신 자신에게 달려 있습니다. 가장 고귀하고 아름답고 선한 것을 선택하시기 바랍니다.

당신의 삶을 보다 풍요롭고 보다 평화롭게 할 수 있는 것을 선택하십시오. 당신의 영혼을 날마다 기쁨과 행복으로 가득 채울 수 있는 것을 채택하십시오. 그것은 바로 사랑입니다.

우주 속에 내재되어 있는 가장 고귀한 사랑이 당신의 삶을 풍요롭게 할 것입니다.

우주즉아宇宙卽我의 마음

마음의 세계는 그 끝을 알 수 없을 만큼 넓고 그 깊이를 알 수조차 없는 무한의 세계입니다.

무한의 우주와도 같습니다. 그래서 '우주대와 같이 넓고 위대한 마음'을 '우주즉아宇宙卽我'라고 합니다. 우주즉아의 마음은 곧 신의 마음과 일치하는 마음이라고 할 수 있습니다. 현상계(물질계)의 그 모든 것에 집착하지 않는 마음, 욕심이 없는 마음을 '우주즉아'의 마음이라고 할 수 있습니다.

현상계(물질계)에 있는 모든 것은 허상입니다. 가짜입니다. 이것은 모두 마음에서 비롯된 그림자입니다. 이것은 때가 되면 모두 사라지고 마는 것들이고 저세상(실재계)으로 갈 때는 아무것도 가지고 갈 수가 없습니다. 오직 자기 자신의 마음만 가지고 갈 수 있는 것입니다.

자기 자신의 마음이 얼마나 성장했으며 얼마나 풍요로운가에 따라 저세상에서의 삶의 거주지가 정해집니다. 그래서 '색심불이色心不二'라고도 합니다. 현상계에서의 마음 상태가 저세상의 거주지를 결정한다는 것을 생각하면 날마다 마음을 깨끗하게 닦고 정화하면서 풍요로운 마음, 사랑의 마음을 가지기 위해 노력해야 합니다.

그렇게 하기 위한 가장 첫걸음이 바로 신의 뜻에 귀의하는 것입니다. 올바른 신리神理를 삶의 기준으로 삼아 날마다 올바르게 생각하고 실천하며 살아야 하는 것입니다. '선인선과善因善果 악인악과惡因惡果'를 생각하면 되겠습니다. 좋은 원인을 가지고 좋은 씨앗을 뿌리면 반드시 좋은 결과를 얻게 되는 것입니다.

당장에는 좋은 결과가 나타나지 않는 것처럼 보일지 몰라도 끝까지 포기하지 않고 노력한다면 반드시 좋은 결과를 얻기 마련입니다. 이것을 '원인과 결과의 법칙'이라고 합니다. 모든 좋은 원인이 좋은 결과를 가져오게 되는 것은 자연의 법칙이며 우주의 신리입니다.

'우주즉아'의 마음을 가지기 위해서는 먼저 욕심, 분노, 어리석음을 마음에서 제거하도록 노력해야만 합니다.

욕심과 분노, 어리석음을 마음의 삼독三毒이라고 하는데, 이것이 바로 마음의 구름을 만들고 인생을 고통스럽게 만드는 나쁜 원인입니다. 자기의 마음속에 욕심과 분노, 어리석음이 없는지를 살펴보고 반성하는 나날을 살아간다면 언젠가는 '우주즉아'의 마음, 신의 마음을 가지게 되는 것입니다.

인간은 누구나 다 신의 자녀들입니다. 그러므로 마음의 삼독을 제거하면 자기 자신의 '참나'가 곧 신의 자녀라는 것을 깨닫게 되는 것입니다. 날마다 올바른 삶의 기준으로 생활하면서 자신의 생각, 말, 행위를 반성하며 잘못된 점을 수정해 나가는 길이 바로 신의 뜻에 따라 사는 것입니다.

올바른 삶의 기준을 바로 '팔정도八正道'라고 합니다. 여덟 가지 올바른 기준을 삶의 지표로 삼아서 하루하루 최선을 다해 노력한다면 반드시 마음의 진리를 깨닫게 됩니다. 그것이 바로 '우주즉아'의 마음을 얻는 유일한 길임을 알아야 합니다.

현상계(물질계)와 실재계(저세상)

우리가 살아가는 이 세계를 현상계(물질계)라고 합니다. 살아가는 데 필요한 모든 원소는 대자연에서 얻어지는데 그 원소들이 인간의 육체를 구성하기도 합니다. 물질계의 모든 원소들은 자연계에서 얻어지는 것으로, 때가 되면 모두 자연으로 돌아가도록 짜여 있습니다. 반면, 실재계(저세상)는 영혼이 머무는 세계입니다.

물질계에서의 기준으로 보면 저세상은 죽어서 가는 곳이기 때문에 죽음의 세계로 보이지만 저세상(실재계)의 기준으로 보면 지상계에서의 생활은 짧고도 짧은 수행의 시간에 불과합니다. 인간의 수명이 아무리 길어졌다고 해도 100년 정도의 수명을 가지고 살 수밖에 없는데 이것은 저세상에서 보면 한 개의 향불이 타는 시간과도 같습니다. 그만큼 짧은 순간에 불과하다는 뜻입니다.

인간은 육체라는 물질로 구성되어 있는데 육체를 움직이는 것은 바로 마음(의식·영혼)입니다. 이 마음이야말로 자기 자신의 주인입니다. 마음은 곧 영혼입니다. 이 마음이 진정한 자기이며 이 마음이 영혼이라는 것을 알아야 합니다.

우주는 다차원의 세계입니다. 인간의 눈으로 보고 귀로 듣는 이 세계는 3차원의 세계이지만 마음의 눈으로 보고 들을 수 있는 세계는 4차원 그 이상입니다. 실재계는 4차원 그 이상의 세계를 말합니다. 실재계는 영혼이 머무는 세계이므로 영혼의 거주지라고 할 수 있습니다. 그곳이 영원한 거주지이므로 지상세계에서 보내는 시간은 짧고도 짧은 수행의 시간일 뿐입니다.

저세상(실재계)이 영혼의 진짜 거주지라면 자기 자신은 어떤 곳에 거주하게 될 것인지 한 번쯤은 생각해 봐야 하는 것입니다. 저세상(실재계)은 자신의 영혼의 성장 정도에 따라 거주지가 정해지게 됩니다. 영혼이 성장하여 빛의 마음이 클수록 더 좋은 거주지에 머물게 되는 것입니다.

수행의 정도가 어느 정도인가를 가늠하는 것은 빛의 양이 어느 정도인가를 보고 알 수 있습니다. 이는 마음의 밝기, 마음의 풍요로움을 말합니다. 이것은 남을 사랑하는 이타적인 마음, 봉사와 희생의 마음이라고 할 수 있습니다. 오로지 자기 자신만을 생각하고 자기의 이익만 추구하는 이기적인 마음은 일생을 살아도 빛의 양이 커지기 어렵습니다.

물론 죄를 짓지 않고 살았다면 그 점은 높이 평가할 수 있을지 모르지만 보다 나은 영혼으로 성장했는가 하는 측면에서 보면 그렇지가 않습니다. 한 단계 더 나은 영혼으로 성장하기 위해 지상에서의 삶을 살아가는 것이 인생의 진짜 목적이기 때문입니다.

이러한 인생의 목적을 모르고 살아가기 때문에 나만 잘되면 그만이라는 생각, 우리 가족, 우리 가정만 무사하면 그만이라는 생각을 하며 일평생을 살아가는 것입니다. 나와 우리 사회, 우리나라, 전 세계의 사람들이 모두 하나의 가족이며 공동체라는 사실을 생각하면 나의 안녕·편안함을 바라는 만큼 주위와 사회 전체, 세계 전체의 안녕과 평안을 바라는 삶을 살아야 하는 것입니다.

'지구공동체'라는 말을 생각해 보면 쉽게 이해가 될 것입니다. 지구 위에 존재하는 모든 생명이 하나의 공동체이며 가족이라는 생각을 하고 살아가야 한다는 뜻입니다. 모두가 제각기 살아가고 있지만 모두가 영혼의 성장·수행을 하러 태어난 것이기에 서로가 수행을 잘 할 수 있도록 도우며 살아야 하는 것입니다.

인간으로서의 수명을 다하고 저세상(실재계)으로 돌아 갔을 때 자기 영혼의 빛은 얼마나 커졌는지, 얼마나 마음을 밝히며 살았는가가 수행의 척도가 된다는 것을 생각하면 날마다 밝은 마음으로 누군가를 돕는 일상생활을 살아야 하겠습니다. 그러한 삶으로 날마다 해야 하는 일에 충실하다 보면 언젠가는 자기 자신도 모르게 빛의 밝기가 점점 세지게 되는 것입니다.

이를 두고 '일일일생一日一生의 실천'이라고 하는 것입니다. 하루를 살아가는 데 최선의 노력을 다할 때 그 일생이야말로 성공된 삶이라고 할 수 있는 것입니다.

우리 모두 날마다 '일일일생一日一生'의 각오로 최선을 다하는 삶을 살아야 하겠습니다.

우주의 빛

우주의 빛은 사랑입니다.

캄캄한 밤하늘에 빛나는 별과 달, 세상을 밝게 비춰주는 태양을 보면 우주의 빛에 대해 알 수 있습니다. 빛은 모든 생명을 살리는 사랑입니다. 태양빛이 없다면 이 지구상에는 그 어떤 생명도 존재할 수가 없습니다. 태양빛이 없다면 지구는 암흑천지가 되고 맙니다.

태양빛을 생각하면 무한한 에너지의 공급을 무상으로 해주니 감사의 마음을 가지지 않을 수가 없습니다. 인간의 마음에 감사의 마음을 불러일으키는 태양빛을 우리는 '사랑의 빛'이라고 합니다. 사랑의 마음이 있을 때 그 마음은 감사의 마음을 불러일으키게 되는 것입니다.

반대로 감사의 마음을 가지게 될 때도 사랑의 마음을 일으키게 됩니다. 사랑과 감사는 서로 상호작용을 하기 때문입니다. 사랑의 마음이 없다면 감사의 마음 또한 없는 것입니다. 감사하는 마음이 진심에서 우러나오는 것은 그 마음의 밑바탕에 사랑이 있기 때문입니다.

감사할 줄 모르는 마음은 사랑의 마음이 없기 때문입니다.

감사는 사랑의 원인이기도 하고 사랑의 결과이기도 합니다. 그래서 '항상 감사하라'고 하는 것입니다. 사랑의 마음이 있다면 감사하는 것이 마땅하기 때문입니다.

만약 스스로가 '감사하다'는 말과 생각을 얼마나 자주 하고 얼마나 많이 실천하고 있는지 돌아본다면 자기의 마음에 '사랑'이 얼마나 되는지 알 수 있을 것입니다. 감사와 사랑은 쌍둥이 형제자매처럼 언제나 함께하는 마음이기 때문에 언제나 감사하고, 언제나 서로 사랑해야만 하는 것입니다. 이 마음이야말로 자기 자신을 밝히는 마음의 빛이며 나아가 가정과 사회전체를 밝히는 빛이 되는 것입니다. 우주의 빛이란 다음 아닌 '사랑의 마음'을 말하는 것입니다.

온 우주를 밝힐 수 있는 빛, 그것은 오직 '사랑' 뿐입니다.

5부

우주의 신리

지구와 인류의 공존

우주에는 수많은 행성들이 있고 그곳에는 다른 차원의 세계가 존재합니다.

우주는 무한하고 인간의 의식 또한 무한합니다. 무한한 의식의 존재인 인간은 오늘날 자기 존재의 무한함을 모른 채 혼란 속에서 살아가고 있습니다. 인간은 결코 유한한 존재가 아닙니다. 인간의 영혼은 영원히 불멸하는 존재입니다. 육체는 잠시 빌려 타는 인생의 배일 뿐이고 인간의 참모습은 불멸하는 영혼입니다.

오늘날 인간은 자기의 참모습이 영혼이라는 사실을 망각한 채 살아가고 있고 그 때문에 수많은 혼란을 겪고 있습니다. 지진이나 자연의 대재앙 같은 것도 결국은 인간의 혼란한 의식들이 만들어낸 결과와 다름없습니다.

우주만물은 모두 조화를 꾀합니다. 조화 속에서 공존

하는 것이 신의 법칙이기 때문입니다. 그 가운데 조화를 깨는 것은 오직 인간의 이기적인 욕심, 인간의 그릇된 상념뿐입니다. 이제 인간들은 자신들의 욕심과 잘못된 생각을 바로잡아 인류공영의 조화로운 길을 모색해야 할 때가 왔습니다.

지금 지구는 한계점에 도달했습니다. 인간이 숨쉬기 힘든 공기는 재앙이나 마찬가지입니다. 무엇이 지금의 결과에 이르게 했는지 인간들은 스스로 반성하지 않으면 안 됩니다. 인간들이 만들어낸 온갖 공해 물질들은 이제 지구에서 사라져야 합니다. 공해를 일으키지 않고 살아갈 수 있는 새로운 방법을 모색해야 할 시대가 온 것입니다.

인간은 신이 베풀어준 대자연의 환경에 고마운 줄을 모릅니다. 날마다 베풀어주는 대자연의 혜택을 다 누리고 살면서도 대자연에 대해 감사하고 보답하기는커녕 그것이 모두 인간들의 소유인 것처럼 마구 훼손하고 함부로 사용하고 있습니다.

감사함을 모르는 것은 인간의 도리라고 할 수 없습니다.

인간의 도리 중에 가장 근본으로 삼아야 할 것이 사랑

과 감사의 마음이라면 무한한 은혜를 베풀어 주고 있는 대자연에게도 마땅히 사랑과 감사의 마음을 가져야 하는 것 아닐까요?

오늘날의 지구는 신음하고 있습니다. 병들고 지친 나머지 온갖 고통의 비명을 지르고 있는데 인간은 자신들의 욕심에만 골몰해 있느라 지구의 심각한 상태를 모르거나 알고도 외면하고 있습니다. 그 결과는 결국 인간 자신에게 돌아갈 것이 분명한데도 인간들은 저마다 남탓만 하고 살아갈 뿐입니다.

이제 더욱 심각한 지구적 재앙을 겪기 전에 우리들은 자성해야만 합니다. 환경을 오염시키는 물질을 줄이고 지구 곳곳을 정화해 나가야 합니다. 죽어가는 지구의 자연생태계를 되살려야만 합니다. 그것이 인류가 지속적으로 발전하고 공존할 수 있는 유일한 길이라는 것을 알고 실천해야만 합니다.

우리 모두는 하나의 지구공동체이다

소중한 것을 아끼고 사랑하는 마음은 누구에게나 있습니다. 그 마음은 인류 보편적인 마음입니다. 그런데 그 인류 보편적 사랑이 지금은 '인류 보편적'이지 않고 특정한 사람들끼리만 주고받는 감정이 되고 말았습니다.

'우리 가족, 우리 사회, 우리나라'라는 단위로 나뉘어서 사랑의 개념을 한정하고 있는 것입니다. 그 가운데에서도 특정한 단체, 특정한 종교, 특정한 이념에 제한을 두고 같은 생각과 특성을 가진 사람들끼리만 주고받는 '작고 편협한 사랑'이 되고 말았다는 뜻입니다.

진정한 사랑이란 '나와 너'라는 구분이 없어야 합니다.

모두가 같은 형제자매라는 생각으로 지구상의 온 인류가 한 가족이라고 생각하며 서로 사랑해야 하는 것입니다. 나 혼자만, 우리 가족만 잘 살아서는 진정한 행복을 누릴 수가 없습니다. 모두가 같이 행복해야 하기 때문입니다.

사랑의 마음을 서로 나누고 살아갈 때에야 비로소 인류가 하나의 공동체를 이루었다고 할 수 있습니다.

인류는 지구라는 환경 속에서 같이 살아가고 있기 때문에 '지구공동체' 라고 하는 것입니다. 지구상의 모든 생명체들이 지구공동체입니다. '지구공동체' 라는 의식을 가지고 서로 돕고, 서로 사랑하며 살아가야 하는 것이 새로운 시대의 진정한 가치라고 할 수 있습니다.

온 인류가 하나의 가족, 하나의 공동체라는 의식을 가지고 서로 사랑하기를 바랍니다. 우리 모두는 하나의 지구공동체이기 때문입니다.

오직 사랑만이 희망이다

우주의 신리神理는 자연현상에서 찾아볼 수 있는 법칙이라고 할 수 있습니다. 우주가 존재하는 비밀을 밝혀내기 위해 인류문명은 끊임없이 탐구하고 있지만 아직도 밝혀 내지 못하는 신비한 영역이 바로 우주입니다. 인간이 지구상에 존재하기 이전부터 우주는 존재해 왔습니다. 그렇다면 이 우주는 누가, 왜 창조했을까요?

우주의 창조자는 '신神'입니다. '하느님'입니다. 우리가 알고 있는 창조신화는 신화일 뿐 우주존재의 비밀을 밝혀주지는 못합니다. 인간이 우주존재의 비밀을 밝힐 수 있는 날이 언젠가는 오리라 생각하지만 그것은 멀고도 먼 미래의 일이 될 것입니다. 존재하지만 눈에 보이지 않는 물질에 대해 밝혀내기 위해 인류의 과학이 들인 시간을 생각한다면 우주의 비밀을 모두 밝혀내는 데 얼마나 많은 시간이 소요될지는 짐작할 수조차 없습니다. 하지만 분명한 것은 인간이 끊임없이 진화하고 있고 인류의 정신문명 또한 끊임없이, 급속도로 변화·발전한다는 것입니다.

그렇다면 인류의 정신문명 또한 전환되어야 할 필요가 있다는 것을 생각해 봐야 합니다. 인류의 과학문명이 변화하고 발전하는 만큼 인간의 정신문명 또한 진보해야만 합니다. 지금까지와는 다른 새로운 의식을 가지고 새로운 시대를 살아가야 한다는 것입니다.

새로운 시대에 걸맞은 새로운 의식, 새로운 정신문명이란 바로 보다 이타적인 생각, 사랑의 마음을 말합니다. 이타적인 생각, 남을 살리는 사랑의 마음이야말로 전 지구의 모든 인류가 지향해야 하는 새로운 사상이라고 할 수 있습니다.

지금까지도 수많은 사람들이 이타적인 삶을 살아왔지만 앞으로의 시대는 더욱 더 많은 사람들이, 아니 온 인류가 이타적인 삶을 살아야만 하는 것입니다. 그것이 바로 새로운 문명시대를 살아갈 수 있는 유일한 대안이라고 할 수 있습니다.

지구공동체가 존립할 수 있는 유일한 사상이란 오직

'사랑의 마음', '사랑의 사상' 그뿐이라는 것을 말하는 것입니다.

새로운 시대에 필요한 삶의 방식을 끊임없이 이야기하고 있지만 전 지구가 함께 공유해야 할 전 지구적 사상에 대해서는 별로 이야기하지 않습니다. 그것은 '사랑'이 너무나도 당연한 가치이기 때문입니다.

하지만 '사랑'이 너무나도 흔하고, 너무나도 당연한 가치라고 말하지만 정말로 그 사랑이 점점 더 커지고 널리 퍼져 나가는 것은 아닙니다. 결코 전 지구에 사랑이 가득하다고 말할 수 없는 것이 지금 지구공동체의 현실입니다.

지구의 자연환경이 파괴되는 것은 말할 것도 없고, 날마다 지구 곳곳에서 수많은 사람들이 기아와 전쟁, 사고로 생명을 잃고 고통을 받고 있는 것이 지금의 현실임을 생각해 볼 때 우리는 지구가 사랑의 공동체라고 말할 수가 없습니다. 얼마나 더 사랑이 커지면 지구의 모든 전쟁이 사라지고 남을 해치려는 악한 마음이 모두 사라질 수 있을까요? 인류는 언제쯤 모두가 평화롭게 사랑하며 공존할 수 있을까요?

앞으로 다가올 미래의 시대에는 오직 '사랑'만이 유일한 생명이요, 가치라는 것을 다시 한번 강조하지 않을

수가 없습니다. '사랑'이 아니고서는 그 무엇으로도 대
체할 수 없다는 것을 분명하게 깨닫기를 바랄 뿐입니다.

오직 '사랑'만이 모두를 살리는 유일한 희망입니다.

반성하는 마음은
신이 인간에게 내려준 축복

자기 자신의 마음을 스스로 돌아보고 마음의 잘못은 없는지, 그 잘못의 원인은 무엇인지 찾아보는 것이 반성의 요점입니다. 반성은 인간의 영혼이 성장하는 첫걸음이며 영원한 성장의 안내자이고 길잡이입니다. 반성하는 마음이야말로 자기 자신의 스승인 것입니다.

인간은 누구나 결점을 가지고 태어납니다. 태어날 때부터 가지고 있는 결점이 있고 살아가면서 만들어진 결점이 있습니다. 그러한 결점들은 인생의 행복을 가로막는 걸림돌 즉 장애가 됩니다. 하지만 그 결점은 모두 극복할 수 있고 수정할 수가 있습니다.

자기 자신이 얼마나 노력하는가에 달려 있을 뿐입니다. 문제는 자신의 결점이 무엇인지 스스로 깨닫지 못하는 것이고, 결점을 알고 있음에도 불구하고 결점을 고쳐야겠다는 생각조차 하지 않고 살아간다는 것입니다.

자신의 결점을 고칠 수 있는 사람은 오직 자기 자신뿐
이라는 것을 알아야 합니다.

그 누구도 대신 인생을 살아줄 수 없기 때문에 자기의
결점을 스스로 찾고, 스스로 고쳐나가야만 하는 것입니
다.

인생의 시간은 한정되어 있습니다. 하지만 영혼의 시
간은 끝없이 전생윤회轉生輪廻하며, 끝이 없이 이어집니
다. 영혼은 끝없이 성장하고 진보하기 위해 태어난다는
사실을 깨닫고 영혼의 성장·진보를 위해 각자가 수행하
지 않으면 안 됩니다.

인류 역사는 수많은 시행착오를 통해 진화하고 발전
해 왔습니다. 인간 개개인도 마찬가지입니다. 태어나서
살아가는 동안 수많은 실수와 시행착오의 경험을 통해
발전하고 성장하게끔 짜여 있습니다. 실패와 좌절, 고통
과 절망을 겪는 과정에서 인생에 대한 회의를 갖기 마련
이고 인간의 본성에 대해 자각하기 때문입니다.

그러한 과정의 반복이 곧 성장·진화의 계기가 되는

것입니다. 이 과정에서 자신의 결점이 무엇인지 돌아보고 반성하지 않는다면 결코 성장·진화를 할 수가 없습니다. 결점을 알고 결점을 수정하는 과정을 통해서만 변화하고 발전할 수 있기 때문에 '반성' 없이는 결코 성장할 수 없다는 것을 알아야 합니다.

자기 자신을 객관적이고 이성적인 관점에서 돌아보고, 자신의 마음과 행위가 올바른 길에서 벗어난 것은 없는지 성찰하여 잘못을 바로잡는 인간에게는 신의 빛이 도움의 손길을 내민다는 것도 알게 될 것입니다.

반성할 때의 마음가짐

자기 자신의 마음을 제삼자의 눈으로, 객관적인 시선으로 돌아본다는 것은 곧 신의 마음으로 돌아본다는 것입니다. 그렇게 때문에 자기 자신의 결점이나 생각, 말, 행동의 잘못을 반성할 때도 중도中道의 마음, 자비와 사랑의 마음이 바탕이 되어야 합니다.

선善과 악惡 어느 한편으로도 치우치지 않은 마음을 중도의 마음이라고 할 수 있습니다. 자신을 냉엄한 시선으로 성찰하되, 그 밑바탕에는 선한 중도의 마음이 있어야 합니다.

자기를 성찰하는 마음은 자신을 괴롭히거나 비하하고 절망하는 것이 아닙니다. 결코 신세한탄, 자기비하로 흘러가서는 안 됩니다.

자기 자신의 참마음, 참나는 본래 둥글고 원만하며 무한한 자유의 마음입니다.

무한대의 자유로운 의식은 선한 마음, 중도의 마음으로 흔들리지 않는 조화의 마음 그 차체입니다.

자신이 반성한 내용이 아무리 무겁고 힘든 것이라 하더라도 그 자체에 사로잡히거나 집착해서도 안 됩니다. 그것은 이미 지나간 일이니 앞으로는 지나간 잘못을 똑같이 반복하지 않도록 노력하는 것이 더욱 중요합니다.

인생의 목적

아침에 잠에서 깰 때마다 우리는 새로운 아침을 맞이하게 됩니다. 오늘의 해가 뜨고 '오늘'이라는 새로운 날이 시작되는 순간을 맞이할 때 당신은 어떤 마음으로 하루를 시작하는가요?

하루를 시작할 때 '감사합니다.'라고 하루를 시작하고 있는가요?

나에게 '하루'가 주어졌다는 것에 얼마나 감사하고 있습니까?

죽지 못해 사는데 어떻게 감사를 하라는 말인가? 하고 반문하는 사람도 있겠지만 그 고통스러운 하루조차 감사해야 하는 것입니다. 왜냐하면 그 고통 속에서 깨달아야 할 것이 있기 때문입니다. 그 고통이 없다면 무엇으로 깨달음에 도달할 수 있겠습니까?

그렇다면 또다시 반문하시겠지요? 도대체 무엇을 깨달아야 하고, 왜 깨달음을 얻어야 하는가? 하고 말입니다. 이것이 바로 인생에 대한 궁극적인 의문이라고 할 수 있습니다.

인간은 왜 태어나서 고통을 겪고 깨달음을 얻어야 하는 것일까요?

그것이 바로 삶의 근본적인 이유라고 할 수 있습니다.

인간은 누구나 태어나는 그 순간부터 죽음에 이르기까지 수많은 어려움을 겪고 살아가게 됩니다. 어려움을 겪음으로 인해 기쁨이나 행복에 대해 알게 되고 그것의 소중함을 깨닫게 되는 것입니다. 고통을 겪지 않고 살아간다면 인생의 진정한 가치와 행복에 대해 알 수조차 없을 것입니다.

인생의 진정한 가치란 바로 깨달음에 이르기까지의 여정에 있습니다. 인생의 수많은 희로애락의 경험 속에서 진리에 대한 의문을 가지고, 나아가 인생의 목적이 무엇인지 깨닫게 되는 것입니다. 깨달아야 하는 것은 바로 인생의 궁극적인 목적이 무엇인가? 하는 것에 대한 해답입니다. 그 해답을 찾기 위해 깨달음의 여정이 있는 것이고, 인생 그 자체가 깨달음을 향한 기나긴 여정이라고 할 수 있습니다.

인생의 목적, 인생의 진정한 가치와 행복이 무엇인가에 대해 깊이 생각해 보며 살아가는 사람은 반드시 그 모든 것에 대한 의문을 풀고 깨달음을 얻게 됩니다. 하지만 많은 사람들이 그러한 문제에 대해 생각조차 하지 않고 살아가고 있습니다. 왜 그런 골치 아픈 것에 신경을 써야 하냐며 외면하고 살아가기도 합니다.

인생의 목적은 돈이나 경제적인 성취, 명예와 권력을 얻는 것이 되어서는 안 됩니다. 그런 것들은 이 세상을 떠날 때 아무것도 가져갈 수 없습니다. 이 세상을 떠날 때 가져갈 수 있는 것은 오직 자기 자신의 마음뿐입니다. 그 마음이 얼마나 풍요로운가에 따라 인생을 잘 살았는지, 잘 못 살았는지가 판가름되는 것입니다.

진정한 인생의 목적, 인생의 소중한 가치와 행복에 대해 깨닫고 가는 삶을 살았을 때야말로 인생을 값지게 살았다고 할 수가 있는 것입니다.

인생의 올바른 여덟 가지 기준

바르게 본다.
바르게 생각한다.
바르게 말한다.
바르게 일한다.
바르게 생활한다.
바르게 염원한다.
바르게 반성한다.
바르게 안정한다.

오직 사랑만이 희망이다

초판 발행 ∣ 2023년 11월 15일

지은이 ∣ 권효진
펴낸곳 ∣ 도서출판 학이사
       출판등록 : 제25100-2005-28호
       주소 : 대구광역시 달서구 문화회관11안길 22-1(장동)
       전화 : (053) 554~3431, 3432
       팩스 : (053) 554~3433
       홈페이지 : http : // www.학이사.kr
       이메일 : hes3431@naver.com

ⓒ 2023, 권효진

이 책은 저작권법에 따라 보호받는 저작물이므로 무단복제를 금합니다. 내용의 전부 또는 일부를 이용하려면 반드시 저작권자와 학이사의 서면 동의를 받아야 합니다.

ISBN 979-11-5854-467-6 03810